JN259065
「あれは……泣いている、のか？」
学校一の美少女と言われている姫乃は
美しくて可憐な少女だ。
きちんと手入れされているであろう
腰下まであるサラサラな白に近い銀色の髪、
長いまつ毛に縁取られた藍色の瞳、
シミ一つ見られない乳白色の肌は学校一の美少女
と言われるに相応しいだろう。
心に傷を負った者同士で
慰め合っていたら
白雪姫（学校一の美少女）とバカップル認定
されていた件
しゅう
ill. あろあ

（高橋 隆史）

（白雪姫乃）
（式部麻里佳）
（春日井美希）

「た、タカくん、私もです。あーん」
「たっくん、あーん」

心に傷を負った者同士で慰め合っていたら
白雪姫（学校一の美少女）とバカップル認定されていた件

しゅう

contents

1章／心に傷を負った者同士

『ごめんね。たっくんのことは弟のように見てるから恋愛対象にはならないかな』

高校に入学して二度目の春、高橋隆史(たかはしたかし)は同い年で姉のような存在の幼馴染みに勇気を出して告白をしてフラれた。

放課後に校舎裏に呼び出して告白するも、幼稚園のときから一緒にいると友達というより家族扱いになってしまうらしい。

フラれたショックでいまだに学校から家に帰ることができず、ゆっくりと階段を登りながら屋上に向かっていた。

「どう、するかな?」

何で屋上に向かっているのかわからないし、向かったところで何かあるわけでもない。

でも、何故か……何故か屋上に向かった方がいい、と本能が訴えかけていた。

ガチャァ、と屋上のドアをゆっくりと開けると、フラれたばかりの者には眩しい日差しと春に相応しい暖かな風を感じた。

「あれは……泣いている、のか？」

屋上には先客がいた。床に座り込んで泣いている女の子だ。

確か今年一緒のクラスになった白雪姫乃（しらゆきひめの）だったかな、と隆史は彼女について聞いたことを思い出す。

学校一の美少女と言われている姫乃は美しくて可憐な少女だ。

きちんと手入れされているであろう腰下まであるサラサラな白に近い銀色の髪、長いまつ毛に縁取られた藍色の瞳、シミ一つ見られない乳白色の肌は学校一の美少女と言われるに相応しいだろう。

銀髪、青い瞳は祖父母のどちらかがロシア人だかららしい。

隆史は今年から一緒のクラスになったばかりだからあまりよく知らないが、容姿端麗の他に噂では運動神経抜群、テストでは常に学年首位で完璧超人だと聞いている。

それでいて謙虚で気取らない性格をしているためかすごいモテ、一年のときだけで五十人以上から告白をされたらしい。

あまりにも美しい容姿をしているため、学校の男子たちは姫乃のことをとある童話で魔法の鏡から世界一美しいと言わせたヒロインと同じ名前の白雪姫と呼ぶ。

「どう、したの？」

フラれたショックはまだあるものの、隆史は姫乃に話しかけずにいられなかった。

こうして二人きりになったのは初めてで緊張するが、流石に泣いている女の子を放っておけるほど薄情ではない。

それに学校で泣いているのだし、何かしら理由があるのだろう。

「高橋……くん？」

涙を流している青い瞳がこちらを向く。

一緒のクラスになってまだ一週間ほどしかたっていないのに名前は覚えてくれているようだ。

「何で泣いているの？」

フラれたショックでこちらも泣きたい気分だが、隆史は我慢をして姫乃の方へ近づいてから腰を下ろして目線を彼女と同じくらいの高さにする。

泣いているのだから辛いことがあったはずなので、上から見下ろすようにしては駄目だ。

女の子は繊細だからあまり見下ろすようにしては駄目、というのは幼馴染みに教わったことで、隆史は何となく実践してみた。

「その……お構いなく」

「お構いなくって……放っておけるわけないだろ」

どんな理由かわからないものの、一度断られたからって泣いている女の子を放置する性格はしていない。

「あなたも、泣いているじゃない、ですか。何か辛いことが、あったのでしょう？」

「え？」

姫乃に言われて頰を伝う感触に気付いた。

頰を触ってみると汗ではなく明らかに涙で、おそらくは屋上に来る前から泣いていたのだろう。

フラれたショックが大きすぎて泣いていることすら気付かなかった。

「そう、だね……つい先程幼馴染みに告白して、フラれたんだ」

フラれたときのことを思い出してしまい、隆史の瞳からはさらに涙が溢れ出す。

こんなにも泣いたのは久しぶりで、手を使って涙を拭うも止まらない。

「なら、私に構ってる余裕ないじゃない、ですか。辛いのでしょう？」

「そう、だね……でも、泣いている白雪は放っておけないから」

男なのだから自分が辛いのを我慢し、姫乃の泣いている理由を聞き出すのが先決だろう。

学校で女の子が泣く理由はいくつかあり、虐められたか好きな人に告白したかの二つが考えられる。

学校一の美少女と言われる姫乃の告白をフるなんてほとんどないだろうし、おそらくは前者の可能性が高い。

「どんなに断っても、引いてくれそうにありません、ね」

「悪いな」

「いえ……」

普段ならすぐに身を引いたかもしれないが、フラれたショックが大きくて誰かと話していたい気持ちが強いから頑固になっているのだろう。

「女子の中には私を良く思っていない人たちがいるそうです」

スーハー、と深呼吸をした姫乃はゆっくりと口を開いた。

以前女子たちが彼女の話をしていたことを隆史は思い出す。

モデルや女優以上に整った容姿をしている姫乃は男子から圧倒的人気があるせいで、女子からは良く思われていないらしい。

妬みや嫌味を陰で言われているようだ。

「先程女子たちに呼び出されては色々言われてしまいました。『少しモテるからって調子に乗ってるんじゃないわよ。学校では良い子ぶってるだけで外ではイケメンに抱かれるアバズレ女』だの『お小遣い稼ぎで援交してるんでしょ。学校なんて辞めてしまえ』など色々です。神に誓って私は男性経験、交際経験、援助交際経験はありません。女子たちが言ってることは、事実無根です」

泣いている理由を姫乃は語ってくれた。

今まで陰口を言われていた程度だったのに、面と向かってあることないこと言われるのは泣いてしまうほどに辛いだろう。

もしかしたら色々言ってきた女子の中には好きな人がいて、その好きな人は姫乃が好きなのかもしれない。

好きな人が自分以外を好きであれば、嫉妬で怒ってもおかしくはないだろう。

女子の虐めは男子以上と聞くし、本当に辛いことを他にも色々と言われたのかもしれない。

白雪姫と言われる姫乃であれど、アバズレ女や援交をしているなどと、してもいないことを言われれば傷ついてしまう一人の女の子というわけだ。

見た目からして暴力を振るわれてはいないだろう。

「嫌味や妬みを直接言われるのって辛い、ですね」

青い瞳から流れる涙が大粒のものになる。

隆史も美少女である幼馴染みと毎日のように一緒にいたから嫌味を言われたことがあり、姫乃の辛さはよく分かった。

「……え?」

その辛さが分かってしまうからこそ、つい無意識の内に姫乃を抱きしめていた。

華奢な体軀は隆史の腕の中にすっぽりと収まる。

「辛いときは泣いてスッキリしよう。泣き止むまで一緒にいてあげるから」

「でも、高橋くんも、辛いはずなのに……」

「俺なら大丈夫。むしろ誰かといた方が気が紛れるから」

一人でいるより幾分か楽なのは、姫乃の辛さが伝わってくるからかもしれない。自分の辛さが彼女の辛さで上書きされているような感覚で、フラれた辛さが少しだけ楽になる。

「ありがとう、ございます」

うわーん、と姫乃は大きな声を上げて隆史の胸の中で泣いたのだった。


「お見苦しいとこをお見せしてすいません」

夕日で空全体が赤くなり始め、泣き終わった姫乃は隆史から離れた。

カーカー、とカラスの鳴き声が聞こえ、あと数十分もたたずに日が沈むだろう。

「気にしなくていい」

辛いときは誰かに頼るものだ、と口にした隆史は、目を真っ赤にしている姫乃の頭を撫でる。

今まで美少女である幼馴染みとよく一緒にいたおかげか、姫乃と触れ合うことに抵抗がなかった。

幼馴染みがいなかったら、今日初めてまともに話したばかりの女子の頭を撫でられなかっただろう。

「ん……でも、高橋くんも辛いはずなのに……」

頭を撫でられて気持ち良さそうな声を出した姫乃は、自分も辛いはずなのにこちらの心配をしてくれているらしい。

それだけでフラれたショックが和らいでいくのが分かった。

「大丈夫」

今も全く辛くないわけではないが、姫乃と話せたおかげでだいぶマシになっている。

おかげで家に帰って泣くことはなさそうで、趣味であるアニメを見ることができるかもしれない。

「高橋くんは優しいのですね。その優しさに甘えてしまいました」

「いいよ。俺の胸であればいくらでも貸すから」

胸で泣かれたおかげでブレザーとワイシャツがびっしょりと濡れているが、男として名誉ある濡れ方と言ってもいいだろう。

少しであろうとも女の子を慰めることができたのだから。

「まあ、そんなことない方がいいんだろうけど」

女の子が辛くて涙を流すなどない方がいいに決まっている。

「そうですね。でも……高橋くんの胸は、とても安心、できました」

頬を赤く染めている姫乃からの甘い言葉のように思えた。

「私が慰めてもらえましたし、今度は高橋くんが私の胸で慰められる番、です」

「……は?」

予想だにしてない言葉に頭を撫でたままフリーズしてしまう。

私の胸で慰められる番……つまりはあの大きな膨らみに顔を埋めるということだ。

男の胸に顔を埋めるのとは訳が違う。

「高橋くんも辛いはずなのに慰めてくれて本当に嬉しかったです。だから私の胸であれば、貸してあげても、いいです」

いくらお返しといっても胸を貸すのは恥ずかしいらしく、姫乃は髪の隙間から見える耳まで真っ赤になっていた。

恥ずかしいなら言わなきゃいいのだが、どうしても自分の胸で慰めたいようだ。

いわゆる傷の舐め合いをしようということなのかもしれない。

もし、このまま慰めたお礼に抱かせて、と迫ることも可能……いや、流石にそこまでは無理だろう。

男性経験皆無ということだし、初めては好きな人としたいと思うのが普通だ。

「どう、したのですか?」

「いや、流石にそれは……」

いくら美少女である幼馴染みと一緒にいるからと言えど、女性の胸に顔を埋めるなんてことに慣れているわけもなかった。

でも、男の本能として女性の胸に顔を埋めてみたいと思ったのは事実であり、理性と本能が頭の中で戦っている。

純潔な姫乃が自分の胸で慰めてあげる、と言ってきたのは、本当に感謝していると同時に借りを返したいからだろう。

なので本能が勝って襲いかかるわけにはいかない。

フラれた初日に他の女性を抱くなんて軽い男だと思われてしまうのだから。

「白雪の好意を利用して襲いかかるかもしれないぞ」

放課後になってからだいぶ時間がたち、学校に残っているのは先生と部活動をしている者たちだけだろう。

屋上なんてあまり人が来ない場所だし、襲われても姫乃は助けを求めることができない。

人があまり来ないのは姫乃に嫌味や妬みを言うために呼び出したことから分かる。

「優しい高橋くんがそんなことをするとは思えません。それに高校生なら無理矢理したときのデメリットはお分かり、ですよね？」

あくまで胸で慰めてあげるだけで、他のことをしたらあとで警察を呼ぶということだろう。

高校生であっても罪を犯せば逮捕されるし、最悪少年院行きになる。

そうしたら将来はまともに働くのは難しくなるだろうし、今だけの快楽より将来を求めるべきだろう。

流石に初めてまともに話した男子に抱かれたいとはビッチじゃないと思わない。

優しいと思ったのは、自分も辛いのに慰めてくれたからだろう。

「分かった。遠慮なく」

どうしてもしてほしいということだし、隆史は姫乃に甘えることにした。

先程まで泣きまくった影響で口の中が乾きつつも息を飲み、両手を広げている姫乃の胸に顔を埋める。

ムニュ～、と今まで感じたことのない柔らかさと女性特有の甘い匂いに一瞬だけ理性が飛びかけたが、何とか本能を抑えることができた。

距離が近い幼馴染みがいるものの、胸を顔で感じたことはない。

「ごめん、今は泣くことができないや」

身体中の水分が涙として流れてしまったくらいに泣いた隆史に、今更泣くことはできないでいる。

「大丈夫ですよ。辛いのが今でも伝わってきますから」

辛い想いが胸から伝わってくるのだろう。

「嫌じゃない？」

「嫌だと思ったらそもそも提案していません。今は何も考えず私のむ、胸で癒やされてください」

実際に顔を埋められてさらに恥ずかしくなったようで、姫乃の鼓動が早く激しく動いている。

今まで男の顔を自分の胸に埋めさせたことなんてないだろうし、恥ずかしくても仕方ないだろう。

隆史はフラれたショックを姫乃の胸で慰めてもらった。


「今日は色々あったな」

学校一の美少女と言われている姫乃と慰め合ったあと、隆史は彼女と別れて帰路につく。

「それにしても柔らかかったな」

家に帰りながら先程まで感じていた姫乃の胸の感触を思い出す。

たかが脂肪の塊のはずなのにしばらく離れられず、あの柔らかい感触を堪能してしまった。

いくら辛い気持ちがあったとしても、三十分も胸に顔を埋めているものではなかっただろう。

嫌なこと何一つ言わず胸を貸してくれた姫乃に感謝しつつも、慰め合いはこれきりになるのだろうとも思った。

これからはあくまでクラスメイトの関係に戻るだろう。

「あ、ご飯買いに行かないとな」

今までは幼馴染みが海外出張で家にいない両親の代わりにご飯を作ってくれたが、これからはそうはいかなくなる。

しばらくしたら元の関係に戻る可能性はあるものの、流石にフった初日にご飯を作りに来ないだろう。

だからご飯を買いに行く必要があり、隆史は最寄りのコンビニへと足を向けた。


「あ……」

学校の校門で別れて十分程で姫乃と再会した。

コンビニでパンを買おうとしている姫乃は、こちらを見るやいなや恥ずかしそうに頬を赤く染めて視線を逸らす。

つい先程まで自分がやっていたことを思い出して恥ずかしくなったのだろう。

男性経験が豊富なビッチであればともかく、姫乃のような純潔の女性であれば恥ずかしくもなる。

隆史も胸に顔を埋めるなんて行為は初めてだったため、今になって身体が熱くなってしまう。

四月でまだ冷房が必要ないにもかかわらず、ぜひともつけてほしいと思うくらいに身体が熱い。

「どうしてここに？」

「ご飯を、買いにきました。いつもは自炊するんですけど、今日は作る気力がなくて」

隆史の質問に姫乃は答えてくれる。

女子から直接嫌味や妬みを言われて傷ついてしまったのだし、今日はご飯を作る気力がなくてもおかしくない。

学校からこのコンビニまでは一本道ではないため、別のルートで同じコンビニまで来てしまったのだろう。

いつもは自炊しているということは、姫乃の両親は長期出張で家を空けているのかもしれない。

「高橋くんはどうしてコンビニに？」

「白雪と同じでご飯を買いに。両親が海外出張でいないから」

調理パンが置いてあるコーナーにいるので、隆史は一つパンを手に取る。

「いつもコンビニで買っているのですか？」

「いや、いつもは幼馴染みが作ってくれるけど、今日は流石にね」

視線を逸らして言う隆史の意図を察してくれたのか、姫乃は「そうですか」と寂しそうな表情で頷いてくれた。

フラれて辛い気持ちを察してくれたのだろう。

「あの……」

「ん?」

買い物カゴを持った姫乃の手足がモジモジ、と上下に動いている。

これから言いたいことは恥ずかしいことなのだろう。

「ご飯を作って、あげましょうか?」

「……はい?」

予想外の言葉に隆史は思わず聞き返してしまった。

少し小声だったがもちろん聞こえなかったわけではなく、ご飯を作る提案に驚いたのだ。

「高橋くんには慰めてもらったので、お礼をしたい、です」

買い物カゴを持っていない右手で頬を赤らめながら姫乃は隆史の制服の袖を軽く摑む。

スクールバッグは肩にかけているため、右手は空いている。

「もう借りは返してもらった。そこまでしなくても大丈夫」

まだ完全に失恋の傷が塞がれたわけではないが、それでもだいぶ姫乃に助けられた。

目の前にある柔らかな胸の感触のおかげだろう。

だからご飯を作るお礼をしてもらわなくても問題はない。

「それに今日は作る気力がないんだろ?」

「それは一人の場合、です。高橋くんがいいのであれば、作れますよ?」

純粋にお礼がしたい、と思っていいそうな瞳を向けつつも、姫乃は勘違いしそうな台詞を確実に天然で言ってくる。

「男の人にご飯を作ったことはありませんが、お世話になった高橋くんのためですから、頑張ります」

そういう勘違いしそうな台詞を言うのは止めてほしいが、心の中では作ってほしい、という気持ちがあった。

コンビニで買った物より確実に姫乃の手料理の方が美味しいだろうし、何より美少女の手料理は男からしたら心が躍る。

それにフラれた日に家で一人寂しくご飯を食べるより、誰かと一緒に食べる方が楽かもしれない。

「分かった」

結局は手料理を食べてみたいという気持ちが勝ち、隆史は姫乃の料理を食べることにした。

「実は料理下手っていうオチは勘弁してくれよ」

「昔から作っているので、その心配はしなくて大丈夫だと思います」

本人がそう言うなら大丈夫なのだろうが、アニメでは稀に長年料理を作っていても下手なヒロインというのが存在する。

アニメと現実は違うと分かってはいるものの、アニメと共に育ったからたまに重ねてしまう節がある。

だからこそ、隆史は姫乃が手料理を作ってくれても勘違いしない。

あくまでお礼で作ってくれるのだから。

美少女の幼馴染みがいはするが、隆史は自分がモブの部類に入ると思っている。

アニメのように主人公であれば、幼馴染みに告白してフラれていないのだから。

「今持っているパンは明日のご飯にしましょう。流石にコンビニに来て何も買わないのはお店に失礼ですから」

そう言うってことは、家に食材はあるのだろう。

コンビニに来て毎回きちんと買うのだし、たまに漫画雑誌を立ち読みだけする隆史とはえらい違いだ。

「私の家でいいですよね？」

「え？　白雪の家に行くの？」

「ご飯を作るのですから家に行かなくてはできません。それに高橋くんの家に食材や調理器具など何があるか分かりませんので、私の家の方が都合が良いです」

おそらくは先程の慰めのおかげで、姫乃は隆史のことを信用してしまったのだろう。

襲うのであれば姫乃の負った傷を利用して既にしている、と思っているのかもしれない。

「分かった」

幼馴染みの家に行く以外に女の子の家に行ったことはないが、隆史は姫乃の家に行って料理を食べることに決めた。

「まさかの一人暮らし」

間取りが1LDKのマンションで、どこからどう見ても姫乃は一人暮らしだった。

学生の一人暮らしにしては広めのリビングはかなりシンプルで、テレビやテーブル、ソファーといった必要最低限の物しかないといった感じだ。

寝室は見ていないからわからないが、綺麗に片付いているだろう。

そして隆史が住んでいる家から徒歩十分とかからない距離だった。

「あまり、ジロジロ見ないでください」

恥ずかしそうに頰を赤くしている姫乃は、あまり見られたくないからか隆史の制服の袖を軽く摑む。

童話で魔法の鏡に世界一美しいと言わせた白雪姫と比喩される姫乃に照れながら言われるのは比喩とは思えないほど破壊力抜群だが、幼馴染みにフラれたばかりだから勘違いすることはない。

可愛いとは思ったが。

「あの……着替えてくるのでソファーに座って待っていてください」

家に入れてから急に恥ずかしさが込み上げてきたであろう姫乃は、タタタ、と小走りで寝室に向かって行った。

ソファーに座った隆史は暇潰しにポケットからスマホを取り出すと、一件の通知が来ていることに気付く。

「まさか俺の家にいるとは……」

メッセージの相手は幼馴染みからで、こう書かれていた。

『まだ帰ってきてないけどご飯どうするの？』

フった初日にもかかわらず隆史の家に来てご飯を作ろうとしている幼馴染みの性格はかなり天然と言える。

いくら気の知れた幼馴染みの関係といえど、告白されてフった初日くらいは気を使って家に来ないだろう。

だけど幼馴染みは決して嫌がらせなどで家に来ているわけではなく、間違いなく純粋に栄養などを考えて料理を作ろうとしている。

そういったところも好きではあるのだが、今だけはありがた迷惑だ。

流石に初日くらいはそっとしておいてほしい。

『今日は一緒に食べたい気分じゃないから外で食べてくる』

そうメッセージを送ってスマホをポケットにしまう。

スマホを弄る気分でもなくなってしまったため、隆史はしばらくボーッとすることにした。

「お待たせ、しました……」

ソファーに座って十分ほどたつと、部屋着に着替えた姫乃がリビングに戻ってきた。

白いブラウスの上から丈の長い紺色のノースリーブワンピースを着ている姫乃は、恥ずかしそうに頬を赤く染めている。

こうして異性を自分の家にいれたのは初めてだろうし、恥ずかしくなっても仕方ないだろう。

「に、似合っているよ」

白雪姫である姫乃の私服姿を初めて見たからとりあえず褒めてみたものの、隆史自身彼女の顔をよく見られないでいる。

美少女の幼馴染みが身近にいるからある程度の免疫はついているが、幼馴染みを褒めるのと姫乃を褒めるのとでは訳が違う。

屋上で頭を撫でてしまったのは、フラれたばかりで寂しくて人肌を求めてしまったからなのかもしれない。

今は少し落ち着いているため、また頭を撫でるのはかなり緊張するだろう。

恥ずかしくて顔をよく見られないため、姫乃がはいているフリルのついた可愛らしい白の靴下が目に入る。

「あう……ありがとう、ございます」

褒められてさらに照れてしまったのか、姫乃は髪の隙間から見える耳まで真っ赤に染めた。

今まで面識はあったもののまともに話したのは今日が初めてのため、意識してしまって上手く話すことができない。

姫乃も同じような感じだろう。

「あの、料理を作りますね」

「お、おう。お願い」

この緊張感に耐えられなくなったのか、姫乃はキッチンに向かって行った。


「美味しそう」

姫乃が料理を作り始めて一時間たたないくらいで、テーブルには料理が並んだ。

料理は金目鯛の煮付けをメインにした和食で、部屋中に漂っているいい匂いだけで食欲が湧く。

「煮付けって短時間でできるものなの？」

調理中はポニーテール調にしていた長い髪を解いた姫乃に尋ねる。

「はい。三十分もかからずにできますよ」

煮付けは長時間鍋で煮込むと思っていた隆史にとっては、目から鱗が落ちたかのような感覚だった。

いつもは幼馴染みが料理を作っていても気にしないので、調理時間などはわからない。

「冷めない内に食べましょう」

「そうだな」

二人して「いただきます」と言い、隆史は早速金目鯛の煮付けに箸をつける。

魚の身はホロホロになっていて箸で簡単に崩れ、崩れた身を箸で掴んで口に運ぶ。

「んまい」

幼馴染みとはまた違った味付けではあるものの、金目鯛の煮付けはきちんと味が染み込んでいて美味しい。

「良かった、です」

こうして異性に料理を振る舞ったのは初めてと言っていたためなのか、頬を赤くした姫乃は照れながら隆史を見た。

いくら昔から料理を作っているとはいえ、相手好みの味かどうか若干不安だったようだ。

とてつもなく美味しい料理は箸が進み、金目鯛の煮付けをおかずに白米も食べていく。

途中で和風ドレッシングで味付けされたサラダも食べ、隆史の箸は全く止まらない。

それに金目鯛の煮付けに添えられている生姜の食感が味にいいアクセントになっている。そこらのお店で食べるより姫乃の手料理の方が美味しく、また食べたいと思いながら完食したのだった。


「ご馳走様でした」

ご飯を完食し、隆史は満足して箸をテーブルに置く。

「お粗末様、でした」

嬉しそうに笑みを浮かべている姫乃がこちらを見た。

自分の作った料理を美味しそうに食べてもらえるのは嬉しいことなのだろう。

幼馴染みも美味しそうに食べる隆史を見て嬉しそうにしていた。

「片付けはやるよ」

「大丈夫です。高橋くんはお客様ですので、のんびりとしていてください」

食器をキッチンに持っていこうとした隆史の手を姫乃の手が静止させる。

強く握っただけで折れてしまいそうな姫乃の手は、細いながらも柔らかくて温かい。

「ごめんなさい」

意図して触れたわけじゃないようで、頬を赤くした姫乃は出していた腕を引っ込める。

数時間しか一緒にいないが一つ分かったことがあり、姫乃は今時の高校生には珍しいくらいに純情だ。

思春期になってから異性と触れ合ったのは初めてなのかもしれない。

「大丈夫、だよ」

美少女との触れ合いで嬉しくない男性など、滅多にいないだろう。

いくら距離が近い異性の幼馴染みがいようとも、隆史にも恥ずかしいことだった。

「あの……春休みに家族で旅行に行ったときに買ったチョコがあるので、食べますか？」

「チョコ？」

「はい。まだお腹に余裕があるのでしたらですけど」

「じゃあもらおうかな」

食べざかりの男子高校生にとって、姫乃の手料理だけでは量が足りなかった。

もちろん味は満足したが、男子に手料理を作ったことのない姫乃には隆史がどれくらい食べるか分からなかったのだろう。

じゃあ持ってきますね、と言った姫乃は、チョコが置いてあるであろうキッチンに向かっていく。

「どうぞ」

冷蔵庫から取り出して持ってきたチョコはお土産用に売られているもののようだが、現地で美味しそうだったから自分用に買ったのだろう。

どうやら海外に行ったようで、おそらくはフランス語で書かれているようだった。

春休みに海外旅行に行くなんて白雪の家はお金持ちなのかもしれないな、と隆史は思う。

「遠慮なくいただくよ」

箱を開けて中身を確認すると、一口サイズの丸いチョコが綺麗に並んでいる。

チョコを指で摘んで口の中に運ぶ。

「うん。美味しい」

程よい苦味がある大人向けのチョコのようで、こういったのは初めて食べた。

「身体がフラフラする」

「……え？　大丈夫ですか？」

「大丈夫。もう一つ」

パクっともう一つチョコを食べると、口の中にビターな味が広がっていく。

「あは、あはははは」

「ちょっ……高橋くん、大丈夫ですか？」

いきなり笑い出した隆史を見て、姫乃は心配そうに見つめる。

身体が浮いたように軽くなった隆史は笑いが止まらず、心配そうな表情の姫乃を見た。

「らいじょうぶ。白雪が、二人に見えりゅ……」

「全然大丈夫じゃないじゃないですか」

呂律が回っていない隆史を見た姫乃は、焦ったような表情になって隣まで来た。

「お酒入りのチョコといえど、これだけでこんなになるなんて……」

「お酒入り？　前にラブキョメアニメでヒロインがお酒入りのチョコを食べてベロンベロンに酔ってたにゃう」

フラフラになっている頭で思ったことが以前に見たアニメだ。

ラブコメアニメで出てくるキャラは未成年が多いため、サービスシーンとしてヒロインを酔わすためにアルコール入りのチョコが使われる。

アルコール入りなんて大丈夫か？　と思って調べたところ、食べ物であれば未成年が口にしても問題ないとのことだった。

「アニメは詳しく存じませんが、今は高橋くんがそんな状態になっているんですよ」

「アルコール入りのチョコはヒロインを酔わすためにちゅかわれるんだぞ。男である俺が酔うわけないらろ」

明らかに酔っているじゃないですか、と呟いた姫乃は、フラフラになっている隆史を身体を使って支えてくれる。

何やらチョコとは違う甘い匂いと柔らかな感触があり、身体全体が心地良い。

「白雪って双子りゃったんらね。もう一人の白雪さんよろしゅきゅ」

身体を支えてもらいながら、もう一人の姫乃？　に向かって頭を下げた。

「私は双子じゃないですよ。それに私は一人暮らしです」

何か言っているようだが、頭がフワフワとしていてあまり深く考えられない。

「白雪ありがとう」

「え？」

「白雪がいなかったらまだ泣いてたきゃもしれにゃい」

初めての失恋で大きなショックを受けた隆史は、もし屋上で姫乃と出会っていなければ自分の部屋に引きこもっていたかもしれない。

だから姫乃には感謝しているし、できることならこれから恩返ししたいと思っている。

「お礼を言うのは私の方ですよ。ありがとうございます」

優しくて温かい手の感触を頭で感じた。

「じゃあおやすみ」

ギュっと姫乃の背中に腕を回して抱きしめた隆史は、寝るために瞼を閉じる。

「え？　寝るんですか？　ここは私の家で高橋くんの家ではないですよ」

姫乃が何か言っているが、隆史はゆっくりと夢の中に入っていった。

2章／白雪姫と一緒にいることを決める

「んん……ここは？」

重い瞼を開けると、知らない風景が目に入った。

一度瞼を閉じて昨日のことを思い返すも、そこまでよく覚えていない。

辛うじて覚えているのは姫乃がお礼と言って晩ご飯を振る舞ってくれたことで、それ以降のことは全く覚えていなかった。

「ん……この感触は？」

自分の腕の中にすっぽりと収まっている柔らかい感触と甘い匂いを感じ、隆史はゆっくりと瞼を開ける。

「な、ななな何で？」

腕の中に収まっていたのは、昨日一緒に慰め合いをした姫乃だった。

何で抱きしめているのか全く思いだせず、ただただ恥ずかしい気持ちになる。

「まさか一線は越えてないよな？」

ご飯を食べ終えてからの記憶がないため、抱いてしまった可能性があるのも否定できなかった。

昨日の姫乃は心に傷を負って悲しんでいたのだし、寂しさで人肌を求めて抱かれたってこともあるかもしれない。

だから冷や汗が止まらなかった。

「んん……」

目を覚ましたのか、寝ていた姫乃がゆっくりと瞼を開ける。

寝起きでボーッとしているようで、抱きしめられているのに気付いていないようだ。

長い髪は寝起きなのにきちんと整っており、毎日きちんと手入れを欠かしていないからだろう。

「あ、あ……」

少しずつ意識がハッキリとしてきたのか、姫乃は頰を真っ赤に染めた。

経験がないのに男性に抱きしめられているのだ、恥ずかしくなっても仕方ないだろう。

「とりあえず落ち着いてくれ。俺も何でこうなってるのかわからないんだ」

むしろこちらが説明してほしい気分だ。

あわあわ、とテンパっている姫乃を何とか落ち着かせたいが、異性と一緒に寝るなんてことは幼馴染みと幼いときにして以来なため、どうすればいいかわからない。

「ごめん」

「あ……」

経験がないからアニメを見て主人公がヒロインを落ち着かせた方法になるが、隆史は慌ててしまっている姫乃を強く抱きしめた。

元々抱きしめていたからそこまで効果がないかもしれない。

だけど経験が皆無な隆史には抱きしめるしか思い浮かばなかった。

「高橋、くん……」

どうやら効果があったようで、頬を赤くしながらも姫乃が慌てることがなくなった。

「落ち着いたのであれば、覚えている範囲で説明してほしい。ご飯を食べたあとから全く覚えていなくて」

思い出そうとしても、頭にモヤがかかったように何も思い出せない。

「は、はい。でも、その前に離れてもらえませんか？　流石に恥ずかしいです」

「うん」

ごめん、と謝った隆史は、恥ずかしがっている姫乃から離れた。

ずっと抱きしめられて恥ずかしくてまともに話せないだろう。

隆史も恥ずかしさはあったものの、もう少し抱きしめていたいという気持ちもあった。

でも、本人が離してほしいと言うのであれば、抱きつくわけにはいかないだろう。

無理矢理抱きしめたら犯罪になってしまうのだから。

「それで何で俺は白雪を抱きしめていたんだろうか？」

床に座った隆史は、同じく床に座った姫乃に尋ねる。

説明しますね、と言った姫乃がゆっくりと口を開く。

「昨日はチョコを食べたのを覚えていますか？」

「チョコ……」

そういえば、と頷いた隆史は、晩ご飯後にチョコを食べたことを思い出した。

だけどそのあとは一切思い出せない。

「そのチョコがお酒入りで、食べたら酔っ払ったんですよ」

「お酒入りのチョコ？　本当に酔っ払ったの？」

姫乃はコクン、と首を縦に振る。

アルコール入りのチョコはラブコメアニメでヒロインを酔わすために使われるが、まさか自分がチョコで酔うとは思ってもいなかった。

彼氏でもない男に抱きしめられるのはいい思いをしないだろう。

「ほっん、とおぉぉうにごめんなさい」

抱きしめたときのことは覚えていないものの、抱きしめて寝てしまったのは事実のようなので、隆史は土下座をして姫乃に謝った。

しっかりとおでこを床につけ、これ以上ないくらいに反省している土下座をする。

いくら家に招き入れてくれたとはいえ、きちんと謝らないと気が済まない。

それにきちんと謝らないと今後クラスで気まずくなる可能性がある。

だから最上位の反省を示す土下座で謝った。

これで許してくれなかったら、大人しく警察に捕まるしかないかもしれない。

チョコを食べて酔っぱらったせいで姫乃を抱きしめて寝てしまったのだ。

しかももう朝なので、長時間抱きしめていたということだ。

恥ずかしすぎて穴があったら入りたい。

「だ、大丈夫ですから頭を上げてください」

頭を少し上げると、少しも怒ってなさそうな天使みたいな笑顔があった。

白雪姫と言われるだけあって姫乃の笑みは破壊力抜群で、昨日幼馴染みにフラれたばかりの隆史ですら見惚れてしまう。

他に好きな人がいなければ惚れてしまったかもしれない。

すぐに勘違いしない隆史ですら惚れそうになったのだし、他の男子にしたら一瞬で恋に落ちるだろう。

だけど心の奥底で他の人に今みたいな笑みを見せてほしくないという気持ちがあった。

あの笑顔は自分だけに見せてほしい……そんな気持ちが心の中を支配している。

「それに、私は嫌ではなかったです、から。とても気持ち良く、寝れましたよ」

まるで彼氏に甘えるときみたいに耳元で囁いてきた姫乃は、顔全体を真っ赤にして寝室まで走って行った。


「たっくん、朝帰りとはどういうことかな?」

姫乃の家を出て自分の家に帰ると、制服姿の幼馴染みである式部麻里佳(しきべまりか)が笑みを浮かべて玄関に立っていた。

正確には口元は笑っているが目が笑っておらず、茶色い瞳は完全に光を失っている。

どうやら連絡もせずに朝帰りしたことを怒っているらしい。

恋愛感情がない割にすごい過保護で、麻里佳は何でも面倒を見ようとしてくるのだ。

長い生まれつきの茶髪をポニーテールっぽくしている麻里佳は姫乃の次にモテるらしく、よく一緒にいる隆史は男子から嫉妬される。

すごい過保護なのは、告白を断ったときに言った弟のように見てるからだろう。

「と、友達の家に泊まったんだ」

嘘は言っていない、と自分に言い聞かせながら麻里佳の質問に答えた。

姫乃自身がどう思っているかわからないが、慰め合ったり一緒にご飯を食べたのだし、友達

と言っても問題はないだろう。

「嘘は言ってないけど、何か隠してる顔だね」

長年一緒にいる幼馴染みだけあって、麻里佳は隆史の考えがある程度分かるようだ。

同じ歳なのに姉ぶっているだけある。

「それに、私以外に泊まるくらい仲の良いお友達、たっくんにいたっけ？」

麻里佳の心を抉るような一言に、隆史は言葉に詰まってしまう。

美少女の幼馴染みがいるためなのか、同性の友達がほとんどいない。

全くいないというわけではないものの、泊まるくらい仲の良い友達は皆無だ。

「そ、それより今はシャワー浴びてご飯食べたい」

「そうだね。朝帰りしたから学校まで時間ないしね」

どうやらこの場は切り抜けられそうで、隆史は急いで玄関からお風呂場に向かう。

昨日はアルコール入りのチョコを食べたせいでお風呂に入っていないから髪や身体がベタついており、いち早くシャワーを浴びたい気分だった。


「何で十秒チャージできる飲料？」

お風呂から上がって朝ご飯を食べるためにリビングに向かうと、テーブルには十秒で栄養チャージができる飲み物が置かれているだけだった。

「たっくんが朝帰りしたから時間がないの」

ツーン、とまるでツンデレのような台詞を言った麻里佳は、かなり怒っているようだ。

以前に隆史が寝坊してしまったときですらきちんと朝ご飯を食べるように言ってきたのだし、今回の朝帰りでかなり怒っているのが分かる。

起きてから比較的すぐ帰ったから時間はあるのだが、朝ご飯を用意する気になれないほどらしい。

両親が家にいない今の高橋家は麻里佳が大黒柱のようなものであり、彼女がいなかったらこの家は崩壊する。

鉄筋コンクリートの分譲マンションだから実際に崩壊するわけではないのだが、麻里佳がいなくなったら隆史の生活がだらしなくなるのだ。

「さっさと飲んで学校に行くよ」

「ああ」

隆史の分だけでなく自分も数十秒でチャージできる飲み物を飲んだ麻里佳は、スクールバッグを持って立つ。

頷いた隆史も急いで飲み干し、麻里佳と一緒に学校に向かった。

（あれ？　意外と話せてるな？）

歩いて学校に向かっている途中、昨日フラれたばかりなのに麻里佳と普通に話せていること に気付く。

顔を見るとフラれたときのことを思い出して泣いてしまうかと思ったが、そんなことなく話せている。

おそらくは昨日姫乃に慰めてもらったおかげだろう。

そうでなければ今も一緒にいるのは辛かったはずだ。

慰めてくれた姫乃に感謝しつつ、隆史は麻里佳の隣を歩く。

「その、昨日はごめんね」

突然謝ってきて申し訳なさそうにしている麻里佳は、一応告白を断ったことは気にしているようだ。

「もういいよ」

恋愛対象として見られていないのに付き合っても意味ないし、できるだけ諦めるようにしよう。

それがお互いのためになるのだから。

いつまでも気にしていたらお互いに気まずくなり、疎遠になってしまう。

食事面で大変お世話になっている麻里佳に離れられては非常に困るので、お互いに告白の件は忘れるのがいいかもしれない。

一緒にいても思っていたより全然話せているのだし、その内諦めることができるだろう。

「たっくんは優しいね。お姉ちゃんとして自慢の弟だよ」

スクールバッグを持っていない右手で指を絡めるように手を握ってくる。

こういったことを隆史限定で自然とやってくるから困るし、そのせいで諦めるまで時間がかかってしまいそうだ。

こうされても離れたくない、と思ってしまうあたり、惚れてしまっているからだろう。

流石に昨日の今日で完全に諦めるのは無理な話だ。

だからと言って付き合えないのに手を繋がれて全く辛くないわけではなく、少しは遠慮してほしいと思う。

「でも、朝帰りはいけないんだからね」

キリキリ、と握る手が強くなる。

「気を付けます」

何回も言ってくるほど怒っているようで、今度からもし泊まるようなことがあるのであれば、きちんと伝えようと思わずにいられなかった。

手を繋いで仲良く歩いている光景を見ている銀髪の女子生徒がいるのを知らずに……。

「白雪……」

学校での昼休み、教室にいない姫乃が気になっていて探してみたらまた屋上にいた。

ただし、昨日と違うのは全身ずぶ濡れで他は同じように座りこんで泣いている。

再び女子たちから何か言われただけでなく、今日は水を浴びせられたらしい。

もう少し早く気付ければ良かったが、朝ご飯を食べられなかった影響でお腹が空いていたため、教室に姫乃がいないことにすぐ気付けなかった。

昨日より明らかに顔が酷く、涙も全身が濡れているせいで流れているのかもわからない。

「高橋、くん……」

悲しそうな藍色の瞳がこちらを向き、今にも生気を失いそうなほどに酷かった。

「悪い。すぐに気付けなかった」

すぐに姫乃に近寄り、隆史は自分の着ているブレザーを脱いで彼女に肩にかける。

四月になって気温が上がってきているとはいえ、ずぶ濡れ状態でずっといたら風邪をひいてしまう。

「高橋くんは悪く、ないです」

確かに何もしていないから悪くないが、少し考えれば再び姫乃が何かされる可能性があるのは容易に分かることだった。

昨日女子たちに酷いことを言われたのを知っているのだから。

「でも、ごめん、なさい。また……少しだけ……少しだけでいいので、高橋くんの胸を、お借りしても、いいですか？」

「もちろん」

頷いた隆史は両手を広げ、昨日と同じように姫乃を抱きしめて彼女の顔を自分の胸に埋めさせる。

濡れているせいで体温が下がっている、プラス女子たちに酷いことをされたためか、姫乃の身体は小刻みに震えていた。

よほど酷いことを言われたのだろう。

女の虐めは泥沼化すると聞くし、何か解決策を考えた方がいいかもしれない。

ただ、今は胸の中で姫乃を慰めることを考えることにした。

「ありがとう、ございました」

姫乃が落ち着いたのは昼休み終了の合図である予鈴が鳴ってからだった。

元々昼休みの残りが少なかったのもあるが、想像以上に傷ついてしまったらしい。

酷い言葉を言われ水をかけられれば、大抵の人は心に傷を負ってしまう。

本来、姫乃自身は何もしていないはずだが、一部の女子からしたら彼女が男子からモテるのが相当気に喰わないらしい。

そうでもないと水をかけるなんて行為をしないのだから。

もし、バレたら停学、最悪退学だって考えられる行為だ。

虐めは社会問題になっているし、何かしら処分が下ってもおかしくないだろう。

ずぶ濡れ状態の姫乃を抱きしめたから隆史の服も濡れてしまったが、今は気にしている場合ではない。

「ねえ、これから一緒にいない？」

「一緒に、ですか？」

落ち着いて泣き止んだ姫乃が首を傾げる。

「一部の女子たちは白雪がモテるから気に喰わないんだろ？」

「そう、ですね」

「だったら特定の男と一緒にいれば女子たちの虐めがなくなる」

姫乃を慰めている間に考えたことだ。

モテすぎる姫乃が気に喰わない、おそらく虐めた女子が好きな男子が姫乃のことが好き……

そのことを考えた結果、隆史は彼女と一緒にいた方がいいと判断した。

「俺はイケメンってわけじゃないから、白雪が女子たちから嫉妬されたりしないだろう」

身長百七十センチほどで細みの身体、どこにでもいるかのような普通の顔なため、一緒にいても問題ないだろう。

姫乃に特定の男がいるとなれば彼女を好きな男子は大体諦めるはずだし、女子たちからの嫉妬による虐めがなくなるかもしれない。

男子に圧倒的人気を誇る姫乃と一緒にいるのだから、隆史に嫉妬の視線が向けられる可能性はあるが。

「でも、高橋くんは、いいのですか？　幼馴染みが好きなのでしょう？　フラれたと言ってた割には仲良く登校していたようですが」

「見てたのか？」

「ええ。まるで恋人同士かのような雰囲気、でした」

家が近いため、登校中見かけてもおかしくはないだろう。

ただ、若干、気のせいかもしれないが、姫乃の顔は少し悲しそうだった。

「麻里佳は俺にだけ手を繋いでくるからな」

「え？　それって両想い、なのでは？」

手を繋いでいる若い男女を見れば、付き合っていると思うだろう。

「違うんだよ。麻里佳は俺のことを弟として見てる。だから姉が弟を溺愛しているブラコンに近い」

たまにラブコメアニメで見るが、幼馴染みが姉のような存在だとこういった現象になる。

あくまで弟としか見ていないため、恋愛感情がない。

「そうなのですね」

ちょっと安心しました、と何故か頬を赤らめて姫乃はそんなことを呟く。

「それで一緒にいる案はどうだ？」

「高橋くんがそれでいいなら、私は、構いません」

一緒にいるのを了承するかのように、姫乃は隆史のワイシャツの袖をちょん、と可愛らしく摘む。

ただ、恥ずかしさはあるようで、青い瞳は若干斜め下を向いていた。

「分かった。このままだと良くないし保健室に行くか？」

ずぶ濡れの状態である姫乃が教室に戻っても驚かれるだけだろう。

それに今の精神状態ではまともに授業を受けるなんて不可能で、それなら保健室に行った方がいいと思った。

保健室なら女性の養護教諭がいるし、タオルで濡れた身体を拭くこともできる。

「今はこうして、タカ、くんと一緒にいる方が、いいです」

ちょこん、と袖を摘んでいた姫乃は離そうとしない。

「タカ、くん？」

下の名前どころか愛称で呼ばれるとは思ってもおらず、隆史は驚きを隠せなかった。

目は大きく見開き、麻里佳以外に愛称で呼ばれたのは初めてのため、恥ずかしさで体温が上がってしまう。

自分の顔は鏡がないと確認できないからわからないが、おそらく全体が真っ赤に染まっているはずだ。

「仲良くするのであれば、愛称で呼んだ方がいいかなって、思いまして」

実際に言って恥ずかしくなったようで、姫乃は髪の隙間から見える耳まで真っ赤になっている。

「だから、私のことは姫乃って、呼んでください」

耳元でものすごく甘い声が聞こえた。

明らかに普段の声より甘く、今の隆史にはこれ以上ないくらいに心臓に悪い。

さっきまで姫乃を抱きしめていたのだから。

「ひ、姫乃……」

どんなに恥ずかしくても一緒にいようと言ったのはこちらなのだし、隆史が名前で呼ばないわけにはいかないだろう。

「は、はい……」

顔全体を真っ赤にして俯いた姫乃を見て、隆史も下を向く。

生まれて初めて授業をサボってしまったため、違うクラスとはいえど麻里佳に知られてしまったら説教を喰らう恐れがあるな、と思ってしまった。


「くちゅん……」

一緒にいる約束をしたあと、姫乃は可愛らしいくしゃみをした。

寒さからか身体を小刻みに震えさせており、このままじゃ間違いなく風邪を引いてしまうだろう。

ずぶ濡れで屋上にいるのは思った以上に体温を奪われてしまうらしい。

「保健室に行こう」

屋上だと風があって濡れた身体から体温が奪われてしまうが、室内であれば幾分かマシになる。

「その……こんな姿を他の人に見られたく、ないです」

よくよく姫乃を見ると、濡れた白いブラウスが透けて素肌が見えていた。

ブレザーを二重に着ているから見えている面積が多いわけではないが、もし、保健室に行く途中で誰かとすれ違ったら恥ずかしいのだろう。

今は授業中で人とすれ違う可能性は低いものの、教師と出会うかもしれない。

でも、先程まで桜色だった唇が薄紫色になっているし、早く何かしらの対処をした方がいいだろう。

できるならお風呂に入った方がいいのだが、この高校は校舎にシャワー室などはない。

もしかしたら当直用であるかもしれないが、生徒に貸してくれたりしないだろう。

説明したら可能性はゼロではないにしろ、今の姫乃はこの状態で屋上から出るのを嫌がっている。

だからここで何とかした方がいいだろう。

「ならどうする？」

色々と考えるも、隆史の平凡な頭では具体策が何も思い浮かばなかった。

「タカくんが、私の身体を、拭いてくれません、か？」

「……は？」

タカくんが身体を拭いてくれませんか？　と聞こえたような気がして、隆史はフリーズしてしまう。

身体を拭くということは彼女は服を脱ぐということで、姫乃の素肌が見えてしまうということだ。

いくら異性の幼馴染みがいようとも、女性の素肌を見るのに慣れているはずもなかった。

小学生のときならともかく、今は一緒にお風呂に入ったりしないのだから。

「鞄の中にタオルがあるので、タカくんが私の身体を、拭いてください」

手を上下にモジモジ、と動かしたり消え入りそうな声だからものすごい恥ずかしいのだろうが、姫乃はどうしても屋上で濡れた身体をどうにかしたいらしい。

そうでなければ身体を拭いてほしいなどと言ってこないだろう。

「俺に裸を見られてもいいのか？」

いくら屋上で濡れた身体をどうにかしたいと言えど、異性に裸を見られるのに全く抵抗がないわけではないのは彼女の言動を見ていれば分かる。

「恥ずかしいですけど、タカくんは優しいですから、私に襲いかかるわけではない、と思ってます」

「確かに襲う気はないが……」

もし、隆史が昨日からガッつくような態度であれば、姫乃は慰めてもらおうと思ってすらいないだろう。

抱きしめてしまったとはいえ、あくまで紳士的に対応されたから襲われることはない、と判断したらしい。

「ならよろし……くちゅん……」

再びくしゃみをした姫乃の身体は震えており、これ以上放っておくわけにはいかないだろう。

「分かった」

恥ずかしいからってグダグダやっていたら姫乃が風邪を引いてしまうため、頷いた隆史は「鞄開けるね」と言い彼女の鞄のチャックを掴んで開けた。

今日は丁度体育があったからタオルを持ってきていたようだ。

「じゃあ……ふあ……」

身体を拭くために姫乃の方を向くと、ブレザーとブラウスを脱いだ彼女の姿。

スカートと下着ははいているもののそれ以外は全部脱いでおり、女性の身体に免疫がない隆史には刺激が強い。

普段服で隠れている胸元が、タイツでおおわれている生足が露になっている。

あまりに刺激が強い光景を見て、隆史は頭に全身の血液が集まっていくような感覚を覚えた。

「あの……お願い、します」

くるり、と背を向けたため、背中を拭いてほしいのだろう。

流石に前を拭いてもらうのは抵抗があるみたいなので、背中を拭き終わったら自分でやるようだ。

「う、うん……」

女性の身体を拭くのはすごい抵抗があるが、これ以上濡らしておくわけにはいかない。

思春期になってから女性の身体を見たのが初めてのためか、緊張してタオルを持っている右手が震えてしまう。

「んん……」

早く拭いてあげないといけない気持ちがあるため、隆史はあくまで風邪を引かないように拭いてあげるだけ、と自分に言い聞かせて姫乃の背中を拭く。

普段拭いてもらうこともないだろうし、背中という滅多に触れられない場所だからか、姫乃の口からの甘い声が漏れた。

思春期男子にとって可愛い女の子の甘い声は破壊力抜群で理性がゴリゴリ、と削られていく感覚に陥ったが、何とか我慢をして背中を拭いていく。

男の本能にはそこまで逆らえないようで、拭きながらも姫乃の背中はしっかりと見てしまう。

特に白い布から視線を離すことができない。

「ありがとう、ございました。あとは自分で拭きます」

思っていた通り、前や足は自分で拭くようだ。

頷いた隆史はタオルを姫乃に渡し、これ以上見ないように彼女に対して背を向ける。

「あの……今は一人でいたくないので、側にいてください」

「分かっ……ふあぁい？」

誹謗中傷、水をかけられて心に傷を負った姫乃は、背を向けていても側にいると分かるようにか、自分の背中を隆史の背中にくっつけてきた。

いきなりのことで驚いてしまい、隆史は思わず変な声を出す。

「昨日から甘えてばかりで、ごめんなさい。でも……でも、今はタカくんと一緒に、いたいので……」

タオルを持っていない方の左手で、姫乃はワイシャツの袖ではなくて隆史の手を掴んできた。

麻里佳と手を繋ぐことはたくさんあるものの、他の女の子とは初めてだから隆史の心臓は今までにないほどに跳ね上がる。

ドクドク、と激しい鼓動を姫乃も感じているだろう。

でも、今の精神状態では確かに一緒にいてあげた方がいいかもしれない。

「分かった。とりあえず早く拭いてくれ」

「はい」

頷いた姫乃はタオルで自分の身体を拭き始めた。

可愛らしいフリルのついた下着姿の姫乃を脳内に記憶してしまったのは言うまでもない。


「身体は大丈夫ですけど、服が乾いてませんね」

身体を拭き終えた姫乃は、床に置いてある服を見る。

全身びしょ濡れになったためにもちろん服も濡れており、今びしょ濡れの服を着たらせっかく拭いたのに体温を下げてしまうだろう。

今日は春の暖かな日差しが差しているからしばらくすれば乾くが、それまで姫乃は服を着れないということになる。

ただ、いくら春の暖かな日差しがあるといえど、一度下がった体温を上げるには足りない。

その証拠に濡れていたときよりマシになっているとはいえ、いまだに姫乃は身体を少し震えさせていた。

流石に下着姿の姫乃を直視はできないが、背中をピッタリとくっつけているから身体の震えが分かる。

「どうする？　ジャージは鞄に入ってなかったしな」

今持っている鞄とは別のにジャージが入っているようで、それは教室にあるとのこと。

できることなら取りに行ってあげたいが、授業中の今教室に行ったら先生に何か言われるだろうし、そもそも姫乃の持ち物を持って行こうとしたら今後犯罪者のように扱われてしまうだろう。

「タカくんの、身体で、温めて、ください」

「はいぃぃぃぃぃ？」

背中をピッタリとくっつけながら手を繋いできた姫乃の言葉に、隆史はつい奇声をあげてしまった。

昨日のようにアルコール入りチョコを食べて酔ったときに抱きしめてしまったのとは訳が違うし、今の姫乃は素肌が晒されているため、身体で温めるのは相当勇気がいることだ。

服を着ていようと勇気がいるのだが。

「タカくんには仲の良い幼馴染みがいますよね？」

「そうだな」

一応、面識というかお互いに名前と顔は分かっているようだが、クラスは一緒になったことがないから話したことはないらしい。

「私に特定の男子がいると女子たちに思わせるには、タカくんが式部さん以上に、私と仲良くする必要があると思うんです」

「うっ……確かに」

姫乃の一言に反論できなかった。

麻里佳は弟のように見ている隆史に手を繋いでくるし、それ以上仲良くしないと姫乃に特定の男子がいると思わせることができないだろう。

付け入る隙がないと男子たちに思わせないと、一緒にいる意味がないのだから。

そうすることで女子たちの嫉妬を失くす作戦なのだ。

「その……イチャイチャする練習を兼ねて、私の身体を、温めてくれませんか？」

ただ、いくら身体を温める、イチャイチャする練習だといえど、姫乃にとっては相当恥ずかしいことだろう。

「今の私は、タカくんがいないと、多分学校に行けない、です……」

女子たちに虐められた姫乃は相当恐怖を覚えたらしく、声が若干震えていた。

おそらく青い瞳には怖くて涙が溜まっているだろう。

虐めによって不登校になる生徒がいたり、最悪自殺してしまう人がいるとたまにニュースで見る。

一人暮らししている姫乃には両親に頼ることができないだろうし、近くにいる人が彼女を助けてあげる必要があるだろう。

今の姫乃は隆史に助けを求めている状態だ。

「分かった」

虐めを放っておくことはできないし、何より隆史自身は姫乃に助けられた。

素肌を晒している女の子を抱きしめるのは相当勇気がいるが、何より助けを求めている姫乃の想いを汲み取ってあげなければ男が廃る。

スーハー、と深呼吸をしてから百八十度回転すると、姫乃の白い背中が目に入った。

勝手に脳内で姫乃の下着姿が再生されてしまい鼻血が出そうな感覚に陥るも、何とか我慢をする。

「お、お願い、します」

くるり、とこちらを向いた姫乃の正面を見た隆史は、「ぐはぁ……」と精神的ダメージを負ってしまう。

アニメではお色気シーンとしてヒロインが裸に近いシーンがあったりすれど、現実で見たのは初めてだから恥ずかしさでダメージを負った。

流石にアニメの主人公みたいに鼻血が出ることはないが、美少女の下着姿は破壊力がある。

「じゃあ、抱きしめるね」

「は、はい」

髪の隙間から見える耳まで真っ赤にしている姫乃を優しくゆっくりと抱きしめた。

ワイシャツ越しに伝わってくる素肌の感触は華奢な体軀からは考えられないほど柔らかく、これが女の子の身体なんだな、と実感せずにはいられない。

「もっと強くじゃないと、身体が温まらない、です」

「もっと強くですと？」

今でも充分に刺激が強くて理性が削られているのに、これ以上はどうなってしまうかわからない。

流石に襲いかかるようなことはできないが、押し倒したい衝動に襲われる可能性はある。

「タカくんになら、大丈夫ですから。もっと強くお願い、します」

「うう……分かった」

彼女の言うように隆史は姫乃を強く抱きしめた。

普段だったら間違いなく断るが、今の姫乃は助けを求めている状態だから理性で本能を抑えて彼女の言う通りにする。

（ヤバい……）

強く抱きしめたことにより胸の感触がダイレクトに伝わってきて、思っていた以上に理性が削られていく。

おそらく姫乃は隆史にならば抱きしめられても襲われることはない、と思っているため、それを裏切るわけにはいかない。

せっかくの信用をぶち壊したら一緒にいられなくなるのだから。

そうなってしまえば姫乃は再び女子たちに虐められるだろう。

それだけは何としても避けなければいけないことだった。

「タカくんの身体、温かいです」

さらに体温を求めてくるかのように、姫乃は隆史の背中に自分の手を回してくる。

端から見たら下着姿の彼女が彼氏に甘えているように見えるかもしれないが、実際はそうではない。

恐怖に襲われている姫乃を慰め、身体を温めているのだから。

「タカくん、ありがとうございます」

お礼を言ってきた姫乃を、隆史は予鈴が鳴っても抱きしめていた。

「今日は、タカくんの家に行っても、いいですか？」

服もしっかりと乾き、きちんと身だしなみを整えた姫乃からの提案だった。

一人になったら虐められたことを思い出して悲しくなってしまうからだろう。

信用できる人と一緒にいて寂しさをまぎわらしたいというところだ。

まともに話したのは昨日が初めてではあるが、やはり慰めたことが大きい要因だろう。

心に傷を負ったところに優しくされたら、基本的に人は心を開く。

狙ってやったわけではないものの、隆史自身も傷ついていたから姫乃と一緒なのは嬉しい。

麻里佳と話すことはできるが、まだ辛さはあるのだ。

こちらとしても姫乃と一緒にいられるのは有り難いことだった。

「いいよ。行こうか」

「はい」

一緒にいられて嬉しそうにはにかんだ姫乃は、隆史のブレザーの袖をギュっと摑む。

服が乾く頃には放課後になっていたため、このまま一緒に帰ることにした。

「ど、どうぞ」

「お邪魔、します」

自分が住んでいる家についたので、隆史は姫乃をリビングまで招き入れる。

3LDKの家族向けのマンションに住んでいるものの、両親は出張でいないので基本的に一人だ。

隣に住んでいる麻里佳が料理を作りに来てくれるが、ずっと一緒にいるわけではない。

あくまでご飯を作りに来てくれたり、休日に掃除を手伝ってくれる程度だ。

家では一人でいることが多いため、スマホでアニメを見たり、漫画を読んで過ごしている。

しかし、今は麻里佳以外の女の子が自分の家に来ているので、隆史はこれ以上ないくらいに緊張していた。

心臓がドクンドクン、と激しく早く動いており、恥ずかしすぎて止まってしまうんじゃないかと思うほどだ。

おそらく姫乃も同じようで、頬を真っ赤にしてリビングまで入って来た。

少なくとも思春期になってから異性の家に来たのは初めてなのだろう。

でも、初めてだとしても、今は誰かと一緒にいたい気持ちが強すぎて来たようだ。

隆史も水をかけられるほどに虐められたとしたら、信用している人の側にいたくなる。

「ソファーに座って。温かい紅茶出すから」

「は、はい……」

緊張からか少し動きがぎこちない姫乃をソファーに座らせ、隆史はキッチンに行ってケトルに水を入れて温める。

昔はポットで温めていたから少し時間がかかったが、ケトルだと一分もあればお湯ができて楽だ。

水に濡れてしまった姫乃は体温が下がっているし、今はアイスよりホットの方がいいだろう。

「スーパーのティーバッグで申し訳ないけど」

カップにお湯を注いで紅茶のティーバッグを入れて姫乃に差し出す。

もし、姫乃が家に来ると事前に分かっていれば、もう少し高級な紅茶を買っていたかもしれない。

「ありがとうございます」

カップを受け取った姫乃は、早速紅茶を口にする。

「タカくんが入れてくれていたからか、優しい味がします」

ニッコリ、と姫乃は笑みを浮かべて紅茶を美味しそうに飲んでくれる。

スーパーで買った安物のティーバッグ、しかもただ入れただけなのに優しい味がしたと言ったのは、慰めてもらった影響が大きいのだろう。

そうでなければ優しい味なんて言わないはずだ。

「何かお家デート、みたいだな」

「ぶぶぅー……」

予想外のことを言われたからか、姫乃は口にした紅茶を壮大にぶち撒けた。

彼女の反応を見て、隆史自身も恥ずかしくなってしまい、何で言ったのか不思議に思う。

「すいません」

盛大にぶち撒けた紅茶はテーブルを汚してしまい、姫乃は近くにあるタオルで拭いていく。

「俺もごめん……」

不適切な発言をしたと頭を下げる。

あくまで姫乃は一人だと辛いから来ただけであって、デートは望んでいないだろう。

初デートは好きな人としたいと思うのが普通だ。

「今思うと、私はタカくんとものすごく恥ずかしいことをしてますね」

「そうだな」

テーブルを拭き終わったら姫乃の言葉に、隆史は頰をかきながら頷く。

昨日は胸に顔を埋めて慰め合ったたし、今日は下着姿の彼女の身体を拭いたり抱きしめた。

恋人同士でない異性間でやることではないだろう。

仲の良い麻里佳ともしたことがないのだから。

「でも、タカくんにデートと言われて、嫌な気分はしなかった、です」

服を摑みながら上目遣いで言ってくる姫乃は破壊力抜群だった。

男子にラブコメアニメのヒロイン並に人気がある姫乃は、おそらくデートに誘われたことくらいはあるだろう。

でも、他の人にデートに行こう、と言われても嬉しく感じなかったようだ。

（勘違いしそうになるから止めてくれ）

身体が熱くなるのを感じ、隆史は心の中で叫ぶ。

今までデートや告白を全て断ってきたであろう姫乃に嫌じゃないと言われれば、勘違いしたっておかしくないだろう。

学校一の美少女、白雪姫と言われる姫乃が、アニメ好きの、しかも麻里佳に告白したと言った隆史を好きになるはずがないから、そんなことを言わないでほしい。

だから隆史は勘違いしない。

今は虐められた恐怖が襲っているため、姫乃は慰めてくれた隆史と一緒にいるのが心地良いだけだろう。

虐められなくなって時間がたてば自然と一緒にいる時間は少なくなるはずだ。

若干残念ではあるものの、虐められなくなったら一緒にいる理由がなくなる。

だからって虐められてほしいわけではなく、虐められなくなったあとも、たまにはこうして一緒にいてほしい。

麻里佳は毎日家に料理を作りに来るだろうから、姫乃がいるだけで助かるからだ。

そんなことを思いながら、隆史はいまだに腕を摑んでくる姫乃の隣に座った。


「タカくんに、お礼がしたいです」

ホットの紅茶を飲み終えた姫乃が、隣に座っている隆史を上目遣いで見つめてきた。

昨日もそうだったが、どうやら姫乃は借りはきちんと返さないと気がすまない性格をしているらしい。

根が真面目だからだろう。

「別にいいのに」

お礼をしてほしいから慰めたわけではなく、単に悲しそうにしている女の子を放っておけなかったからだ。

それにフラれたとはいえ、まだ麻里佳が好きだから傷心の女の子を慰めていずれは恋人同士に……なんてことも思っているわけではない。

まだ失恋の傷が癒えていないため一緒にいられるのは嬉しいものの、隆史自身お互いの傷が癒えたら姫乃との交流が今ほどあるわけではないと思っている。

全くなくなるとは考えていないが、少なくともこうして家で二人きりになることはないだろう。

「いえ、お礼をさせてください」

ちょこん、と指先だけを軽く手の甲に触れてきた姫乃はとても初々しく、普段は異性に気軽に触れたりしないはずだ。

校舎の屋上での出来事は、かなり傷付いてしまったことにより人肌を求めてしまったのと、自身の体温を上げるため。

本来、異性と触れ合いをしないのだし、指で触れるのが精一杯だろう。

そこまでしてでもお礼がしたいということだ。

「分かった。ありがとう」

青い瞳には真剣さがあったので、隆史は姫乃のお礼を断らないことにした。

昨日と同じようにご飯を作ってくれるのであれば、屋上での出来事みたいに恥ずかしがることはない。

「ありがとうございます。では、どうぞ」

そう言った姫乃は、何故か自分の太ももをポンポン、と軽く叩く。

頬を赤く染めている姫乃を見つつも、隆史は何で自分の太ももを軽く叩いたのか分からずにフリーズする。

「タイツを脱いだ方が、良かったですか？」

「いや、何が？」

何をしてくれるのかの説明が完全に抜けてしまっているため、今の姫乃が何をしているのかさっぱりわからない。

「その……膝枕が嫌いな男の人はいない、と聞きました……」

消え入るようなほどに小さい声だったが、要はお礼として膝枕をしてくれるということだ。

髪の隙間から見える耳まで真っ赤なのは、今まで膝枕をしたことがないからだろう。

「確かに滅多にいないだろうが……」

隆史自身もアニメで主人公がヒロインに膝枕をしてもらうシーンを見て、自分もしてほしいなと思ったことがある。

だからといって膝枕は恋人同士でするものなので、幼馴染みの麻里佳にも頼んだことがない。

それなのにまともに話すようになってから少ししかたっていない姫乃に膝枕をさせてもいいのだろうか？

向こうからしてあげると言ってくれているとはいえ、実際にしてもらうとなると何故か気が引ける。

「本来、タカくんは式部さんにしてほしいのでしょうけど……」

少し悲しそうな姫乃を見て、なぜ気が引けるか分かった。

やはり好きな人にしてほしいからだ。

諦めるとは決めているが、まだフラれてから一日しかたっていない。やはり麻里佳に膝枕をしてほしいのだ。

おそらく告白していない状態で麻里佳に膝枕をしてあげると言われていれば、喜んでしてもらっていただろう。

「私の膝枕じゃ、お礼になりませんか？」

「いや、そんなことはないよ」

してもらうのに気が引けるとはいえ、美少女の膝枕はご褒美に値する。

「お望みであれば、な、生足でしてさしあげ、ます」

「ぐはぁ……」

吐血しそうなくらい破壊力抜群の一言だった。

「い、今の俺には刺激が強すぎる……」

麻里佳はタイツをはかずに靴下だから制服だと太ももが見えているからここまでのダメージはないが、普段からタイツで隠してる姫乃の生足での膝枕は流石に耐えられるものではない。

してあげるの一言でこちらまで恥ずかしくなってしまう。

「その、タイツをはいたままでお願いします」

「分かりました。どうぞ」

膝枕自体はどんなに言ってもさせようとするだろうから、隆史は恥ずかしながらもゆっくりと姫乃の太ももに頭を載せる。

おそらくは提案した姫乃の方が恥ずかしいようで、口から「あう……」と声が漏れた。

(何この柔らかさ?)

膝枕が嫌いな人はいない、と言われるだけあり、隆史は姫乃の太ももを思わず堪能してしまう。

モデルのような細い足にもかかわらず弾力があり、膝枕が嫌いな人がいたらアホなんじゃないか? と思ってしまうほどだ。

「その……どう、ですか?」

「一言で言うと最高」

いまだに恥ずかしさはあるものの、最高以外の言葉では言い表わせなかった。

「なら、良かったです」

えへへ、と笑みを浮かべた姫乃は破壊力抜群で、本当に好意を持たれているんじゃないか? と勘違いしそうになる。

いや、こうして膝枕をしてくれているから全く好意がないわけではないだろうが、恋愛感情とは別だろう。

「その……これから一緒にいるわけですし、連絡先の交換を、しませんか?」

「そういえばしてなかったな」

今までお互いに面識はあったものの話すようになったのは昨日なので、もちろん連絡先は知らない。

「はい。寂しくなったら呼んでしまうかもしれませんが」

「それくらいなら大丈夫だよ。家も近いからすぐ行ける」

「ありがとうございます」

お互いにスマホを取り出し、連絡先を交換した。

「はぁくしょん」

姫乃の身体を温めた翌日、大きなくしゃみをした隆史は風邪を引いていた。

体温は三十八度まで上がり、主な病状は鼻水と寒気、そして発熱だ。

昨日姫乃はきちんと濡れた服を脱いで身体を拭いたが、彼女を抱きしめて濡れてしまった隆史は何もしていない。

春の日差しで自然乾燥しただけなので、風邪を引いてしまっても仕方ないだろう。

「もう……風邪を引くのは体調管理を怠った証拠だよ」

呆れ声で言ってくる麻里佳であるが、とても心配そうな表情をしている。

弟が風邪を引いて心配する姉のような心情なのだろう。

「ずっと付きっきりで看病してあげたいけど、学校休むわけにはいかないし」

どうやら麻里佳は看病するか学校行くかで迷っているらしい。

弟が風邪を引いたらブラコンは看病したくなるのだろう。

実際は姉弟ではなくて幼馴染みなのだが。

「大丈夫だよ。薬飲んだから少ししたら楽になるよ」

「ならいいけど……辛くなったらすぐに連絡してね？　すぐに戻ってくるから」

恋愛感情がない割には本当に過保護で、隆史が辛くなったら急いで戻ってくると断言できる。

「分かったよ」

「本当にだよ？　辛くなったら絶対に連絡してね？」

しつこい、と思いながらも、隆史は「分かった」と部屋を出ていく麻里佳を見送った。

寝ようかと思った矢先に、ベッドの端に置いてあるスマホから通知音がなる。

少し辛いながらもスマホを手にとって確認すると、姫乃からメッセージが届いていた。

『おはようございます。一緒に登校しませんか？』

昨日連絡先を交換してからの初めてのメッセージだ。

学校では姫乃を虐める女子がいるのだし、登校から一緒にいたいのだろう。

『ごめん。風邪を引いたから学校行けないや』

そうメッセージを送ってスマホをベッドの端に置く。

「寝よ……」

流石に三十八度の熱があって身体が辛いため、寝ようとゆっくりと瞼を閉じた。

「んん……」

カーテンの隙間から漏れ出る日差し、頭に枕とは違う柔らかさを感じた隆史は目を覚ました。

とはいっても瞼を開けたわけでなく、眠りから意識が覚醒しただけだ。

「目が覚めました、か？」

ここ最近聞き慣れた声が聞こえ、不思議に思った隆史はゆっくりと瞼を開ける。

「何で？」

目の前にはあり得ないほどに整った制服姿の姫乃の顔があり、しかも頭に感じている柔らかな感触は彼女の太ももだった。

しっかりとしている麻里佳が鍵を締めないで家を出るわけがないのに姫乃がいるため、隆史は彼女がいることに驚きを隠せない。

「え？　だってチャイム鳴らしたら出てくれたじゃないですか？」

驚いているのは姫乃もだった。

寝ていたからチャイムが鳴ったことも覚えていないし、ましては姫乃を家に招き入れた記憶もない。

でも、実際に姫乃がそう言っているのだし、間違いはないだろう。

どうやら寝ているときにチャイムが鳴って無意識に出てしまったらしい。

アルコール入りのチョコを食べただけで記憶がなくなるほどに酔ってしまったのだし、体調が悪くて寝ているときにチャイムが鳴ったら無意識に出てしまってもおかしくはないだろう。

「何で膝枕してるの？　風邪がうつるかもしれない。てか学校は？」

本来なら学校にいるはずの姫乃がこの家にいるのはおかしいことだ。

「学校は休ませてもらいました。膝枕はその……昨日最高だと言ってくれたので」

この一言で、隆史の身体はさらに体温が上がった気がした。

実際にはまだ寒気があるのだが、風邪からくる寒気が吹き飛ぶくらいに姫乃の言葉の破壊力がすごかったのだ。

自分で言った姫乃も恥ずかしいらしく、頬が赤く染まっている。

「それに……タカくんがいないと、学校が怖いので……」

虐められたことを思い出したかのように、姫乃の身体が少し震えた。

一緒にいることで特定の男子がいると思わせ女子から嫉妬を失くそうとしているのだし、確かに隆史がいないと成り立たないし、また虐められるかもしれない、と思って怖くなるだろう。

つまり学校をサボって看病を優先してしまったということだ。

「悪いな。俺から言ったのにもかかわらず風邪を引いちゃって」

自分から発言しておいて風邪を引いて初日から約束を破ってしまって不甲斐ない。

「いえ、タカくんが風邪を引いてしまったのは私のせいなので。あのときの私は自分のことで精一杯でした。だからタカくんの身体が濡れているのにさらに体温を奪ってしまったのに気が付きませんでした」

本当に申し訳ありません、と姫乃は頭を下げた。

（ちょいぃぃぃぃぃ）

頭を下げたことにより上半身ももちろん下がるため、大きな胸が目の前にくる。

風邪を引いて若干頭が回らないだけマシかもしれないが、体調が良いときにこんな状態になったら理性が本当に削られていく。

胸は男の本能を刺激するため、我慢するのはしんどいことなのだ。

「だから今日は……タカくんの看病をさせてください」

ギュっと優しく手を握られた。

「わ、分かったから頭を上げてくれ。今の状況は身体に悪い」

「あ、すいません」

自分の胸が隆史の目の前にあるのにようやく気付いたようで、頬を真っ赤にさせた姫乃は急いで頭を上げる。

「その……私は男子に胸を触ってほしいと思うようなはしたない女ではないですからね」

「分かってるよ」

こうして一緒にいるようになってから期間は短いが、姫乃がすぐ身体を許すようなビッチには到底見えない。

「なら良かったです」

一安心したかのように姫乃はホッと胸を撫で下ろす。

「今日は私に看病、させてください」

「分かった」

断っても引いてくれそうにないため、隆史は姫乃の細くて柔らかな手を握り返して頷いた。


「あ、あーん」

時刻は十二時過ぎ、熱々のお粥を作ってくれた姫乃はスプーンでお粥をすくい、「ふーふー」と息を吹きかけて冷ましたら隆史の口元に持ってきた。

もう一度寝たからだいぶ体調が良くなってきた隆史は上半身を起こし、姫乃の献身的な看病を受けさせてもらっている状況だ。

「自分で食べれるから」

前に体調を崩したときに麻里佳にあーんで食べさせてもらったことはあったが、知り合って間もない姫乃にやってもらうのは恥ずかしい。

幼馴染みとは距離が近いから大丈夫だったのとは訳が違う。

風邪とは違う感覚で身体が熱くなり、頬は真っ赤に染まっているのだろう。

恥ずかしくて姫乃の顔をまともに見ることすらできない。

「ダメです。タカくんは病人なんですから大人しく食べてください」

ぷくー、という声が聞こえたので、おそらく姫乃は頬を膨らましているのだろう。

可愛く怒っている姫乃を見てみたい気持ちはあるが、本当に見られない。

「早く食べないと冷めちゃいますよ。あーん」

確かにお粥は温かい方が美味しいだろう。

すーはー、と深呼吸をして覚悟を決めた隆史は、目の前にあるお粥を食べていく。

（美味い）

決して濃いわけではないが味はしっかりと付いており、病人でも美味しく食べられる味付けになっていた。

野菜もしっかりと煮込まれているからなのか、甘みがあって本当に美味しい。

自分がお粥を作ったら間違いなく味が濃くなりすぎるか味がないお粥になるだろう。

一人暮らしをしてもう一年はたっているようだし、ある程度の料理は美味しく作れるらしい。

いつか幼馴染み離れしないといけないから自分でも作れるようにならないといけないものの、つい麻里佳に甘えてしまう自分がいる。

（何か情けないな……）

一昨日に慰めてもらっただけではなく、姫乃にご飯を作ってもらったり看病してもらって甘えてしまい、隆史は今の状況が本当に情けないなと思う。

しかも普段から麻里佳という姉のような存在の幼馴染みに甘えているし、小さな頃から甘えてばかりだ。

姫乃からは慰めてもらったと言われたが、実際には抱きしめただけ。

好きな人である麻里佳にフラれてしまったのだし、これを機に自分も変わらないといけないのかもしれない。

「美味しく、なかったですか？」

色々考えたせいで複雑な表情になったからか、姫乃はこちらを見て悲しそうな顔をした。

もしかしたら隆史の表情を見て美味しくないのかも？　と思ったのかもしれない。

「美味しいよ。ちょっと考えごとをしてたから。ごめん」

「いえ、体調が悪いときは逆に色々と考えてしまいますよね」

確かに体調が悪いときは何かと考えてしまい、不安になってしまうときがある。

「でも、不安になってもタカくんには、私がいますから」

ニッコリ、と笑みを浮かべた姫乃に本当に勘違いしそうになった。

あくまで慰めてもらったお礼で看病してくれているのだし、あの破壊力抜群の笑顔に騙されてはならない。

決して姫乃は笑顔を振りまいて周りの男子を惚れさせようと考えているわけではなさそうだし、無自覚にやっているのだろう。

ただ、普段教室で見る笑みとは何かが違う気がした。

学校では意識的に作っているように見えるのに対して、今の笑みは無意識に自然と出た感じだ。

やはり慰めてもらったのが相当嬉しかったのだろう。

「はい、あーん」

お粥は全部あーんってされながら食べる羽目になった。


「ご馳走様」

「お粗末様でした」

あーんってされるという恥ずかしい思いをしながら食べる羽目になった隆史は、風邪とは違った身体の熱さを感じた。

今までもっと恥ずかしいことをしたのにもかかわらず恥ずかしいと感じるのは、少し……ほんの少しだけ姫乃を特別に感じたからかもしれない。

あくまで好きな人は麻里佳だが、一昨日からこうも濃厚な絡みをしては特別視せずにいられなかった。

幼馴染みにされても平気だったのは、やはり昔から一緒にいるのが大きいのだろう。

長年一緒にいればある程度恥ずかしいこともできる。

「その、顔が赤くなっていますけど、熱が上がったんですか？」

「え？　そんなことないと思うけど」

身体に熱さは感じるものの、絶対に風邪のせいではない。

「失礼、します」

「ちょっ……」

熱があるのを確かめるためなのか、姫乃は隆史のおでこに自分のおでこをくっつけた。

この世には体温計という便利な物があり、本来であればそれを使うだろう。

でも、何を思ったのか、姫乃はおでこで熱を測ってきた。

吐息が感じられるほど近く、少し近づけただけで桜色の唇に自分の唇を触れさせることだってできる。

吐息すら甘い匂いだ。

「熱はそこまでなさそうですね」

「ないから離れて」

「あっ……すいません」

ようやく自分が恥ずかしいことをしたのに気付いたのか、姫乃は隆史から離れた。

離れた姫乃の頬はあり得ないほど真っ赤になっている。

おでこで熱を測ってもらうのは麻里佳にしてもらったことはあるものの、やはり他の人にしてもらうのは恥ずかしい。

（姫乃は特級相当だ）

そんなことを思いながら、隆史は恥ずかしくてベッドに横になって掛け布団を顔まで被った。


「何かたっくんから私以外の女の子の匂いがするよ。しかも美少女の香り」

学校から帰ってきた麻里佳の最初の一言だった。

普段だったら一度自分の家に帰ってから来るはずなのだが、制服だから今日は自分の家には行かずに直接来たようだ。

風邪を引いている隆史がよほど心配だったのだろう。

ただ、隆史の家に来て早々に異変を察知したらしく、麻里佳はくんくん、と匂いを嗅ぎ始める。

ちなみに姫乃は既に自分の家に帰っているからここにはいない。

何で以前来たときはその嗅覚が利かなかったかは不思議だが、それでも美少女の香りを察知できる直感はすごすぎる。

「犬か」

「違うよ」

全く失礼な、と麻里佳は隆史の言葉に「むう……」と頬を膨らます。

美少女の香りを察知できるのだし、犬並の嗅覚がないと不可能だ。

いや、実際に犬並じゃないのは分かっているが、先程までいた姫乃の香りを察知するからそう思わずにはいられない。

「ねえ、お姉ちゃんに隠し事してるでしょ？」

「な、何のことかな？」

いつものように近づいてきた麻里佳の質問に、隆史は視線を外して答えた。

視線を外したおかげで嘘だとバレバレだろうが。

「お姉ちゃんに隠し事は通用しないよ？　さあ答えなさい」

「ちょっ……止めて」

どうにかして隠し事を話してもらいたいのか、麻里佳は風邪を引いている隆史にくっついてきた。

いつもは手を繋いでくる程度なのに、今日は胸が当たるほどにくっついてくる。

どんな手を使ってでも聞き出したいのだろう。

「正直に答えないのはこの口か」

うりうり、と麻里佳は隆史の唇に人差し指を軽く押し付けてくる。

手を繋ぐ程度だったらともかく、好きな人にここまでひっつかれると精神的にヤバい。

おそらくは無意識でしてきているのだから、余計に質が悪い。

普通はフった相手にくっついてくることなんてないのだから。

「ちゃんと答えなさい」

「答えるって何を？」

いい加減鬱陶しいので、隆史は麻里佳の手を取って自分の唇から離す。

ずっと唇に指を当てられていたらまともに話すことができないからだ。

「お姉ちゃんに隠していることだよ。何でこんなに美少女の香りがするのかな？」

「ああ、もう分かったよ。話します」

どうせ学校で姫乃と一緒にいることになるのだし、その内麻里佳の耳に入るから話しても問題ないだろう。

お姉さん気質だから女子人気は麻里佳の方があるようだし、できることなら彼女の手も借りたい。

「もう、すぐに話してよ」

分かったから、と今度はくっついている麻里佳を引き離す。

「白雪姫乃って知ってるよね？」

「うん。男子に圧倒的な人気があるからね」

新入生であればともかく、大抵の生徒は姫乃のことを知っているだろう。

「麻里佳にフラれた日に彼女が屋上で泣いてたんだ」

「うん。私がたっくんをフったことに関しては言わなくてもいいんじゃないかな？」

その通りかもしれないが、実際にフラれた日にあった出来事だから仕方ない。

「彼女は、モテすぎるって女子から嫉妬されてるんだよ。すごい酷いことを言われたらしいんだ」

麻里佳もモテるものの、おそらくは姫乃よりは圧倒的に劣るだろう。

何と言っても圧倒的なブラコンのせいで告白して来ないらしいのだから。

でも、姫乃は美少女の上に謙虚な性格をしているため、男子からすれば男心がくすぐられてしまう。

だからものすごく告白されるのだ。

一年間で五十人以上から告白されるのは普通ではない。

「酷いことを言われて傷ついちゃったんだね」

「うん。そして俺もその日は傷ついてた」

「それは言わないでよ。私が悪いみたいじゃん」

告白されて断るのは何も悪いことではないが、傷ついてしまったのは事実だ。

「お互い傷ついてた状態だったから、慰め合ったんだ」

「な、慰め合った？　そ、そそそれはもしかしてえっちいこと？」

何でこんなに動揺するのかわからないし、慰め合ったイコールエッチなことだと思うのは止めてほしい。

「違うから。抱き合ったけど」

「抱き合うだけでえっちだよ」

「普段俺の手を握ってくる麻里佳が言うの？」

「私はお姉ちゃんだからいいんです。他の人にはしないし」

確かに他の人にしている所は見たことないな、とも思うが、隆史と麻里佳は姉弟のように育った幼馴染みとはいえ、実際に姉弟なわけではない。

だからお姉ちゃんを強調するのは間違いだろう。

「話を纏めると傷ついた者同士で慰め合ったってこと？」

「そうだな。まだ続きがあって、昨日の彼女は女子から水をかけられた」

「水をかけるなんてなんて酷いことを……」

麻里佳から怒りのオーラを感じる。

元気で優しい性格をしているのだし、虐めは許さないのだろう。

しかもただモテすぎるからという理由だけで虐めたのだし、間違いなく麻里佳は姫乃を虐めた女子に対して怒りを覚えている。

「ん？　もしかしてたっくんが風邪を引いたのって……」

「はい。濡れている彼女を抱きしめました」

下着姿のというのは隠すにしても、嘘を言っても通じなさそうなので、正直に言うことにした。

「それで白雪さんは責任感じちゃったんだね。白雪さんが家に来たんでしょ？」

「うん。今日来て看病してくれたよ」

「そっかそっか。でも、何で白雪さんはたっくんの家知ってるの？」

「連絡先交換したからだよ」

昨日も家に来たことは内緒にしておこう、と思いながら、嘘ではない連絡先のことを伝えた。

何で昨日は家に来たことを察知できなかったのか不思議だが、おそらくはリビングのみだからだろう。

それに濡れて匂いがいつもよりなくなっていたからというのも原因があるのかもしれない。

「ん？　ちょっと待って。私にフラれた日にってことは、もしかして朝帰りしたのって白雪さんの家にいたから？」

一番バレてはならないことを察知され、隆史の身体から冷や汗が大量に流れる。

連絡しないで女の子の家に泊まって朝帰り……お姉ちゃんぶる麻里佳からしたら許せないことだろう。

「チ、チガウヨ……」

「棒読みで否定されても全く説得力がないんだけど……」

初めて麻里佳に白い目を向けられたかもしれない。

「でも、今日家に来てくれたってことは襲ったりはしてないんだよね？」

「そうだね。俺の好きな人は麻里佳だから」

「もう……たっくんは弟だから付き合えないよ」

「知ってる」

少しの希望すらないようだった。

「まさか遊びに誘われるなんて」

Ｖネックのシャツの上に紺色のジャケット、ジーンズを着ている隆史は、とあるマンションの前で緊張から息を飲んだ。

昨日の夜の……金曜日に姫乃から遊びに誘われ、これから二人きりで一緒に出かけるのだ。

話すようになってから一週間もたっていないのに誘われるとは思ってもいなかった。

男女二人きりだからデートと言えなくはないかもしれないが、姫乃からしたら『いっぱい慰めてくれたお礼』なのだろう。

二日間慰めてあげただけで逆に慰めてもらったりご飯を作ってくれたり看病してもらったり、とこちらの方がいたれりつくせりの状況だからお出かけしなくてもいいのだが、何か断れない雰囲気だったから了承した。

風邪に関しては一日で熱が下がったし、出かけるのは問題ない。

むしろ麻里佳から『体調良くなったなら白雪さんとなるべく一緒にいてあげなさい』と言われたくらいだ。

プランまで立てようとしたくらいで、虐められた姫乃に同情しているのだろう。

「ふうー……」

時刻は十一時の少し前、深く息を吐いた隆史は、姫乃が住んでいるマンションへと入っていく。

駅前の待ち合わせだと人が多くて大変だし、姫乃ほどの美少女がいたらナンパにあってしまう。

そういったことを避けるために隆史が姫乃の家に行くことにした。

マンションの入口はオートロックだから姫乃が住んでいる部屋番号である三〇二と呼び出しボタンを押してインターホンを鳴らす。

『はい』

「高橋だよ」

『お待ちしてました。すぐに行くので待っていてください』

分かった、と伝えると、通話が切れた。


「お待たせしました」

数分ほど待っていると、エントランスから姫乃が出てきた。

いかにも春物と思わせる花柄のワンピースは清楚な姫乃にとても似合っており、ウエスト部分にはゴムがついているためなのか、彼女の腰の細さが分かる。

以前に下着姿を見て細いのは分かっているが、ここまで細いとひょんなことで折れてしまうんじゃないか？　と思うくらい心配になった。

滅多に折れることはないだろうし、強く抱きしめても大丈夫だったが。

「どう、ですか？」

姫乃はワンピースの裾を手に取ってくるり、と一回転して頬を少し赤く染めながら、上目遣いで聞いてきた。

（こんなの反則だ）

た。

清楚なワンピースの丈は膝下まであるものの、裾を摑んだことで白い太ももがチラッと見えた。

下着姿で全面の太ももが見えるより、チラッと少しだけ見える方が心臓に悪いのは何故だろうか？　と疑問に思う。

それにピンクの肩かけポーチのせいで胸元が少し強調されているため、目のやり場に困った。

「似合わない、ですか？」

「そんなことないよ。とても似合ってる」

不安そうな顔をした姫乃に、きちんと似合ってると伝える。

実際に似合っているため、落ち込む必要はない。

「ありがとう、ございます」

褒められて嬉しかったのか、感想を求めてきたのに頰を真っ赤にして下を向いてしまった。

可愛いなどとは言われ慣れていそうなものだが、もしかしたら私服姿は褒められ慣れてないのかもしれない。

お洒落じゃないから褒められないわけではなく、異性の前で私服姿になる機会が少なかったからあまり褒められたことがないのだろう。

「じゃあ、行こうか」

「はい。でも、その……」

出かけるために歩き出そうとしたところ、何故か姫乃がモジモジ、と手足を上下に動かし始めた。

頬も赤く、どうやら恥ずかしがっているらしい。

「その……良かったら、手を繋ぎながらに、しませんか？」

「手を？」

かあぁぁ、と身体が熱くなるのを感じた。

麻里佳と手を繋ぐのには慣れてはいるが、姫乃と手を繋ぐのはかなり恥ずかしい。

手を繋ぐ以上のことをしているものの、あくまで慰める行為と今では違う。

「はい。私を虐めた女子たちに会う可能性があるかもなので」

「確かに……」

駅前はこの辺で色々な商業施設が揃っているため、遊びに行くなら大抵駅前になる。

だから、もし会ったときのためにデートに見せかけたいのだろう。

手を繋ぎながら男女が歩いていたらデートに思われる。

遭遇する可能性はかなり低いが。

「わ、分かった」

恥ずかしくはあるものの、姫乃の提案を受けることにした。

少しの可能性ではあってもゼロではないのだし、手は繋いだ方がいいだろう。

「姫乃？」

「こっちの方がデートに、見られます」

普通に手を繋ぐだけだと思ったが、まさかの指を絡め合うように繋いできた。

手から姫乃の体温が伝わってきて、隆史はさらに恥ずかしくなる。

いつも麻里佳と手を繋ぐのは訳が違う、清楚で初々しい姫乃と繋ぐのは心臓がドキドキしてしまうのだ。

驚きを隠せない隆史の横で、恥ずかしそうにしながらも姫乃は「えへへ」と笑みを浮かべる。

いかにも一緒に出かけられて嬉しそうに見えるが、あくまでお礼なのだろう。

「じゃ、じゃあ、行こうか」

「は、はい」

お互いに恥ずかしそうにしながらも、隆史はしっかりと姫乃をエスコートするように歩き出した。


「カラオケで良かったかな？」

駅前のカラオケ店に入った隆史は、改めて一緒にいる姫乃に聞いた。

虐められて人に恐怖を覚えてしまっているっぽいから、なるべく人と会わない所がいいよ、と麻里佳に言われてカラオケにしたのだが、もしかしたら不満があるかもしれない。

笑顔で大丈夫です、と言ってくれたものの、異性と二人きりの状況であるのは変わりないため、きちんと聞いた方が良いだろう。

既に家で二人きりになってはいるが。

「大丈夫ですよ。私のことを思ってカラオケにしてくれたんですよね」

何でカラオケにしたか分かっているかのような口ぶりだった。

麻里佳に言われてカラオケにしたのは何となく内緒にしておく。

人とあまり絡むことのない漫画喫茶も候補に上がったが、アニメなどをあまり知らない、とこの前言っていたのでカラオケにすることにした。

「じゃあ歌おうか」

「はい」

フリータイム、ドリンクバー付きで入った隆史は、受付前にあるドリンクサーバーから持ってきたお茶をテーブルに置いてソファーに座る。

家のソファーより若干固いが、そこまで気になるものではない。

「隣、いいですか？」

「もちろん」

休日のカラオケに二人で入って広い部屋に案内されるのは稀なのだし、必然的に距離は近くなる。

一応、テーブルの向かいにもソファーはあるのだが、何故か姫乃はポーチをテーブルに置いて隣に座ってきた。

「ちなみに俺はアニソンばかり歌うけど大丈夫か？」

アニメを見るから自然と聞く音楽はアニソンとなり、カラオケに行くとアニソンばかり歌う。

「大丈夫、ですよ。タカくんが歌う曲を、知りたいです」

ちょん、と手の甲に指先だけ触れてくる。

虐められたうえ家では一人のため、寂しい気持ちがあるから触れてきたのだろう。

「分かった。有名なアニソンもあるし大丈夫かな」

「そうですね。有名な曲であればある程度私も分かりますよ」

昔のアニソンは違っていたみたいだが、最近のアニソンは有名な歌手が歌ったりする。

それに声優自体も最近テレビやネットで顔出ししているし、アニメに詳しい人とかじゃなくても多少はアニソンを知っているだろう。

隆史自体は幼い頃からアニメを見てアニソンも聞いていたため、他の人に比べて詳しい。

あくまでオタクじゃない一般の人と比べてであり、重度なオタクの知識には敵わないだろう。

隆史はリモコンで曲を選び、アニソンを歌った。

「美味しそうですね」

「そうだな」

しばらく歌ったあと、隆史と姫乃はお昼時になったからご飯を食べることにした。

隆史が頼んだのはチャーハンとフライドポテトで、姫乃はシーザーサラダだけだ。

フライドポテトは二人で分けて食べるし、華奢な体躯な女性にはサラダとポテトだけで足りるのだろう。

いただきます、と両手を合わせて言い、二人してご飯を食べ始める。

「美味しいな」

「そうですね」

おそらくチャーハンもポテトも冷凍物なのだろうが、きちんと味付けされていてとても美味しい。

シーザーサラダもレタスやトマト、クルトンにかかっているドレッシング、上に添えてある温泉卵も美味しそうだ。

「食べ、ますか？」

「……へ？」

サラダをフォークに刺した姫乃は、隆史の口元にそれを持ってきた。

「あ、あーん」

「じ、自分で食べれるから」

もう風邪は治っているのだし、前みたいにあーんってして食べさせてもらう必要はない。

恥ずかしさで身体が熱くなるのを感じて断るが、何故か姫乃はフォークを口元から退かさなかった。

「タカくんはスプーンですので、サラダは食べにくいと思います。前にサラダを食べてましたし、嫌いではないですよね」

「確かに嫌いじゃないが……」

このフォークに口を付けたら間接キスになってしまい、幼馴染みである麻里佳とするのとは訳が違う。

そもそも思春期になってからも間接キスを体験したことはなかったし、恥ずかしい気持ちすらない。

おそらく姫乃は純粋にスプーンじゃ食べにくいからしてくれてるだけであり、間接キスになることすら気付いていないだろう。

「あーん」

食べてほしそうな顔をしていたので、隆史は恥ずかしい気持ちを抑えながらサラダを食べた。

シャキシャキしたレタスにシーザードレッシングと温泉卵が合わさってとても美味しい。

「じゃあ、お返し」

　こういうのは恥ずかしいことだ、と教えるために、隆史はチャーハンをスプーンですくって姫乃の口元に持っていく。

　あーんってされれば恥ずかしいと実感が湧くだろう。

　今までもしたあとに恥ずかしくなっていたのだから。

　他の人には気づかなくてもしなそうだが。

「あ、あーん……」

　若干頬が赤くなっている姫乃は、口元にあるチャーハンを食べた。

　もぐもぐ、食べているのが小動物みたいで可愛らしい。

「あっ……これって間接キスでは？」

　チャーハンを飲み込んだ姫乃の頬が真っ赤に染まる。

　おそらく間接キスすらしたことないであろう姫乃には刺激が強いのだろう。

「その、ごめんなさい」

「だ、大丈夫」

　お互いに恥ずかしさで反対側を向き、しばらくご飯を食べられないのであった。

「カラオケ楽しかったな」

「そうですね」

駅前にあるカラオケ店で休日にフリータイムに入ったとはいえ時間いっぱいいられるわけもなく、保証時間の三時間を過ぎたところで追い出された。

会計のときにこんな可愛い彼女とデートしやがって、という嫉妬の視線をアルバイトらしき男性店員に向けられたが。

「あの……行きたいところがあるんですけど、いいですか？」

手を繋いでいる姫乃からの提案だ。

「どこ？」

「ショッピングモールで服を見たい、です」

「もちろんいいよ。でも、人が多いとこになるけど大丈夫？」

お礼は充分にしてもらったし、残りは自分の時間に使ってもらっても構わない。

ただ、休日のショッピングモールになると人がいっぱいいるし、今の姫乃にとってはよろしくないだろう。

「大丈夫です。私にはタカくんが、いますから」

頬を赤くしながら恥ずかしそうに言ってくる姫乃が可愛く、本当に麻里佳が好きじゃなかったら陥落していたかもしれない。

「ならいいけど」

ありがとうございます、と笑みを浮かべた姫乃と共に、隆史は手を繋ぎながらショッピングモールへ向かった。


「あの、タカくんに服を選んでほしい、です」

姫乃が訪れた場所はレディース専門の服屋だった。

休日だけあってお客さんが多く、もちろんメインは女性だ。

男性客もいるものの、彼女と一緒にいるリア充と呼べる部類だろう。

彼女と一緒にいるのに姫乃に見惚れている彼氏はその内フラれるんだろうな、と隆史は思った。

「俺が選ぶの？」

「はい。これから一緒にいることになるのですし、タカくん好みの服の方がいいかな、と思いまして」

私服の好み、ということは、もしかしたら休日も一緒にいようということなのかもしれない。

別にダメではないが、それだと姫乃のプライベートな時間が少なくなってしまう。

「休日も一緒にいるの？」

「はい。ダメ、ですか？」

「ダメじゃない」

若干涙が溜まっている青い瞳に見つめられたら断れるはずがない。

それに麻里佳と話すことはできるにしてもしばらくは辛さがあるだろうから、隆史自身としても休日も姫乃と一緒にいられるのはありがたいことだ。

自覚なしに恥ずかしいことをしてくるから心臓に悪いものの、失恋した辛さに比べれば幾分か楽ではある。

「タカくんには本当にお世話になってますので、ご飯を作ったりしてお礼がしたい、です」

「分かった」

料理は麻里佳が作ってくれるんだけどね、と思いながらも、隆史は了承をした。

姫乃の料理は非常に美味しいし、それに麻里佳は『白雪さんと一緒にいなさい』と言うだろう。

姉的ポジションを奪われてもいいのか？　と一瞬だけ考えたが、麻里佳からしたら今はそんなことより姫乃の心の傷のケアを優先させたいようだ。

「休日もタカくんと一緒にいれて、嬉しいです」

えへへ、とはにかんで言う姫乃を見てドキっと心臓の高鳴りを感じた。

もちろん好きな人がいるから恋に落ちたわけではないが、無自覚にそんなことを言うから本当に心臓に悪すぎる。

ただ、姫乃は意識させたくて言っているわけではないだろう。

あくまでお礼だけ、と隆史は自分の心に言い聞かせる。

白雪姫と言われる姫乃が自分を好きになってくれるはずもないのだし、彼女を好きになっても付き合えるはずがないのだから。

「どうしました？　やっぱり休日に一緒にいるのは、ご迷惑ですか？」

「違うから。ちょっと考え事をしてただけ」

「考え事ですか。もしかして式部さんのことですか？」

「麻里佳のことはちょっとだけ」

隆史が手を繋いでいない方の手の親指と人差し指を使ってほんの少しだけ隙間を作って説明すると、何故か姫乃は「むう……」と怒ったかのように頰を膨らました。

「こうして二人きりでいるのに他の女の子のことを考えちゃダメですよ」

「ご、ごめん」

確かにせっかく二人きりでお出かけしているのだし、他の女の子のことを考えるものではないだろう。

隆史はしっかりと姫乃に向かって謝る。

「悪いと思っているなら私の服を選んでくださいね」

「分かった」

どんな服がいいか周りを見てみるものの、女性物の服なんてあまりわからない。

麻里佳は姉ぶるから自分で選ぶし、どんな服を選べば喜ぶかなんて分かるはずがなかった。

「ん？　これは……」

たまたま目に入った服がアニメのヒロインが着ていた服とそっくりだったために手に取る。

上が白、下が灰色とワンピースタイプながら色が違う服だ。

確かガーリー系の服だろう。

これはどう？　と姫乃に服を見せる。

「あう……これは……」

肩の部分が少し透けて鎖骨がしっかりと見える丈の短いタイプだからか、姫乃の顔が朱色に染まった。

私服なんて数えるほどしか見たことないからハッキリとしないが、おそらく夏でもあまり露出度の高い服を着ないだろう。

だからこういった服が恥ずかしいらしい。

「ごめん。違うのにするね」

「ま、待ってください」

元の位置に戻そうとしたところで姫乃に止められた。

「タカくんは、こういった服を私に着てほしいって、思うのですか？」

「まあ、思うかな」

正面を向いて言うのは恥ずかしいため、隆史は少し視線を外して答える。

清楚系が最も似合いそうではあるが、ガーリー系みたいに女の子の可愛らしさ全面に押し出した服も似合うだろう。

「分かりました。タカくんと二人きりのときに、着ますね」

頬を赤らめながら甘い囁きをしてきた姫乃は試着室でサイズを確かめたあと、レジまで持っていって買った。


「あの……お待たせ、しました」

ショッピングが終わったあとに彼女の家に案内された隆史の目の前には、先ほど自分が選んだ服を着ている姫乃がいる。

上下で違う色のガーリー系のワンピースも思っていた通り似合ってるものの、肩や鎖骨、太もも部分の素肌が見えているから想像以上に刺激が強い。

たまにコンビニで読む漫画雑誌でグラビアの水着の女の子の方が確実に露出度は高いが、普段隠れている姫乃の素肌を見た方が圧倒的に心臓に悪かった。

「似合い、ませんか？」

とても不安そうな声で、刺激が強い今の姫乃を見られない隆史の方には悲しそうに青い瞳が向いているだろう。

「似合ってるからこそ見れない。タイツくらいははくかと思ってた」

普段はタイツや丈の長いワンピースなどで太ももは覆われているのに、今日はしっかりと見えているからこそ見られないだけだ。

幼馴染みである麻里佳が夏にショーパンとか着て太ももは見ているはずなのに、何故か姫乃の太ももを直視するのは無理だった。

せめてタイツくらいははいてほしい、と思うものの、おそらく今日ははかないだろう。

直視しなければ問題ないかもしれないが、着てもらうとしてももう少し慣れてからの方が良かったのかもしれない。

「その、ありがとう、ございます」

照れてる隆史を見て急に自分も恥ずかしくなったようで、姫乃の口から「あう……」という声が漏れた。

恥ずかしいのであれば着なければいいのだが、せっかく選んでもらったから着たかったのだろう。

「恥ずかしいですけど、身体が熱くなってますけど……タカくんに見せれて、良かったです」

「あがががが……」

不意打ちに耳元で聞こえた甘い声に、隆史は思わず奇声を上げてしまった。

ただでさえ慣れていないのに、突然甘い囁きを耳元でされたら誰だって驚くだろう。

「驚いたような顔をしてどうしました？」

「不意打ちは卑怯だ……」

普段より露出度の高い服で不意打ちの甘い囁きに、隆史は身体全体から火が出そうなくらいに熱くなっている。

おそらく麻里佳に言われてもここまで恥ずかしい思いはしなかっただろう。

それくらい姫乃の甘い囁きは破壊力抜群だった。

「不意打ちはタカくんも一緒、です。私が酷いことを言われて悲しんでたところにいきなり抱きしめてきたんですし」

「あれは悪かったと思ってる。俺も傷ついてたから人肌を求めちゃったのかもしれない」

あのときはいきなり抱きしめるなんて常識外れなことをしたな、と次の日になってすごい恥ずかしくなったのだ。

慰めたあとに抱きしめて寝てしまうという、さらに恥ずかしいこともしたのだが。

「いえ、タカくんがいなかったら、私は不登校になったかもしれません」

近寄ってきた姫乃は、ギュっと隆史の服の袖を強めに掴む。

　確かにあることないことを複数の女子から言われ、さらには水をかけられるという、本来あってはならないことをされたため、不登校になってもおかしくない。

　でも、初日はたまたま、次の日は何とか探して慰めてくれた隆史によって姫乃は救われたのだろう。

　あと、姫乃が虐められた理由の一つに髪や瞳の色が関係しているのかもしれない。

　サラサラな銀髪に宝石のような青い瞳に女子は嫉妬しているのだろう。

　どんなに髪を染めてもカラーコンタクトを使っても出せないであろう姫乃の髪や瞳の色に、同性からすれば嫌悪の対象になってしまうのかもしれない。

　それもあくまで一部の女子だけであり、大抵の女子はまるで彼女を美術品でも見るかのように遠目から見ているだけだ。

　ショーケースの向こう側にいるような存在の姫乃とは決して関われないのだろう。

「だから私を慰めてくれたタカくんには、非常に感謝していますよ」

「俺も同じだから。あのとき姫乃と出会ってなかったら引きこもりになってたかも」

　フラれたショックが大きく、もし、あのとき姫乃と慰め合っていなかったら、何もする気が起きなかったはずだ。

　もしかしたら不登校になってたかもしれないし、部屋に引きこもって麻里佳と会うこともなかっただろう。

「俺も感謝してるから。ありがとう」

姫乃の袖を摑んでいる手をはがした隆史は、出かけていたときと同じように指を絡めるようにして手を繫ぐ。

恥ずかしいがしっかりと彼女を見て、これ以上ないくらいに姫乃に感謝の想いを伝えた。

「なら良かった、です。私もタカくんの役に立てたのですね」

「うん。しっかりと役に立ったよ」

感謝の想いを伝えた隆史は、手を繫いでいない左手で姫乃の頭をなでなでと撫でる。

「んん……」

頰を赤らめて甘い声を出したため、姫乃は頭を撫でられるのが好きなのかもしれない。

これからお礼にまた頭を撫でるのもいいだろうが、あまり頻繁だと恥ずかしくて死ぬ。

「感謝していますが、多分私には、まだタカくんが必要、です。これからも一緒にいて、くれますか？」

再び耳元で聞こえる甘い言葉に、身体に稲妻が走ったかのような衝撃を覚えた。

「その、一緒にはいるよ……」

これから女子たちに特定の男がいると思わせて嫉妬の対象から外させないといけないため、なるべく一緒にいるつもりだ。

一緒にいるつもりだが、これからもこういった甘い囁きや触れ合いが多くなってしまえば、隆史は精神的に死ぬだろう。

今までも麻里佳に甘やかされて育ったのに、姫乃にも甘やかされたらダメになる未来しか見えない。

（溺れたらどうしよう）

ありがとうございます、とお礼を言ってきた姫乃を見ながらそう思った。


「あの……離れたく、ないです」

もうすぐ完全に日が暮れようとする時間帯、そろそろ帰ろうとした隆史を姫乃はギュっと手を握って止めた。

まるでデート終わりに彼女が彼氏に甘えるような感じで、隆史にとっては本当に心臓に悪い。

白雪姫と呼ばれるくらいの美少女に離れたくない、と言われれば普通の男子なら喜ぶところだが、免疫がない者にとっては恥ずかしいだけだ。

幼馴染み相手とそうでない者では全然違う。

いや、麻里佳に離れたくない、と甘えるような声で言われても恥ずかしくなるかもしれない。

異性に免疫がないのは姫乃も同じようで、顔が茹でダコみたいに赤くなっている。

でも、それでも離れたくないのは、一人でいると虐められたときの光景が頭に浮かんでしまうからなのかもしれない。

同性の仲の良い友達がいれば良かったのだが、美術品のような容姿の彼女には休日もよく遊ぶ同性の友達はいないようだ。

「離れたくないって……」

どういった意味での離れたくないのかがよくわからない。

寝るギリギリまで一緒にいたいのか、それとも泊まってほしいのか……恥ずかしさを感じながらそんなことを思う。

「泊まってもいいですから、私のベッドを使ってもいいですから、私の側にいて、ください」

やはり一人では虐められたときの光景が勝手に思い浮かんでしまうらしい。

今も思い浮かんでしまっているのか、それとも泊まりを提案したことによる恥ずかしさからなのかはわからないが、若干姫乃の身体は震えて青い瞳には涙が溜まっていた。

断られたらどうしよう？　とも思っているのかもしれない。

「分かったよ」

恐怖で怯える姫乃を放っておくことなどできるはずがないし、事前に連絡すれば泊まりを許してくれるだろう。

むしろ泊まって慰めなさいって言われるかもしれない。

「ありがとう、ございます。タカくんといれて嬉しい、です」

はにかんだ姫乃の顔は、恥ずかしながらも嬉しそうだった。

「嬉しいですけど、ごめんなさい。タカくんは式部さんが好きなのに私と一緒にいることになって……」

「まあ、フラれたから一緒にいてもね」

自分の頭をかきながら隆史は言った。

一緒にいるのは辛さはあるが嫌ではない。しかし、これからどんなにアタックしても麻里佳を振り向かせることはできないだろう。

少しでも異性として意識しているのであれば、今日のお出かけだって止めたはずなのだから。

本当に弟としてしか見ていないということだ。

悲しい気持ちはあるが仕方のないことで、どんなにアタックしても叶わない恋はある。

昔はお姉ちゃんでも良かったが、中学生になってから麻里佳を異性として意識し始めて姉弟の関係が嫌になった。

でも、もし告白してフラれたら疎遠になってしまう可能性があったため、最近まで告白できずにいたのだ。

ただ、やっぱりずっと姉弟のような関係は嫌だったので、勇気を出して告白して撃沈した。

「本当にありがとう、ございます」

何故か若干悲しそうな顔をした姫乃は、離れたくないからか握っている手に力を入れてくる。

でも、一緒にいられるのだし、嬉しい気持ちはあるのだろう。

そうでないと泊まりなんて提案してこないのだから。

「ちょっと待ってて」

「はい」

ポケットからスマホを取り出した隆史は、姫乃の家に泊まるということを麻里佳にメッセージで伝えた。

するとすぐに既読がつき、こう返信がきた。

『白雪さんは傷心してるんだから変なことしちゃダメだよ。お姉ちゃんはまた一人でご飯。およおよ……』

しねえし、明日は一緒に食べるから、と返信してスマホの画面を消してポケットにしまう。

せっかく信用してくれている女の子に変なことをしたくないし、そもそも恥ずかしくてする勇気すらない。

ヘタレ、と言われればそれまでだが、姫乃だって抱いてほしくて泊まりを提案したわけではないだろう。

あくまで寂しいから一緒にいてほしいだけ。

「どうしました？」

「いや、麻里佳に泊まりのメッセージをしただけ」

隠しても仕方ないので正直にメッセージのことを伝えた。

以前コンビニで会ったときに麻里佳に作ってもらっているようなことを言ったので、少しの説明である程度のことは察してくれるだろう。

「二人は本当の姉弟みたいですね」

ふふ、と笑みを溢した姫乃の顔は嬉しそうだった。

高校生になってもご飯を作ってくれる幼馴染みは稀だし、姉弟のように思ってもおかしくはないだろう。

だが、やはり姉弟のような関係は隆史にとっては嫌だ。

フラれてしまったといえどまだ時間がたっていないので、好きな気持ちがあるのだから。

ただ、フラれてしまったのはどうしようもなく、これから時間をかけて諦めていくしかない。

「ねえ、お願い聞いてくれる？」

「何ですか？」

「胸、貸して？」

「む、胸？　あ……すいません。失恋のことを思い出させてしまったのですね」

一瞬だけ驚いたような表情になった姫乃はすぐに察してくれたらしく、恥ずかしそうな顔ながら「どうぞ」と両手を広げた。

フラれたときのことを思い出して寂しくなった隆史は、姫乃の胸に顔を埋めて慰めてもらった。

「ここが、私の部屋、です」

美味しい夜ご飯をいただいた隆史は、まだ寝ないのにもかかわらず姫乃の寝室に案内された。

最低限の物しか置いてないリビングとは違って寝室はいかにも女の子らしく、可愛らしい犬や猫のぬいぐるみが置いてある。

（え？　今日ここで寝るの？）

心の中でそんなことを思い、隆史は寝室に置いてあるベッドを見た。

桃色のベッドで毎日姫乃が寝ているだろうし、おそらく彼女の匂いが染み付いているはずだ。

そんなベッドで寝るのは恥ずかしい気持ちしかない。

「あまりジロジロと見られるのは恥ずかしい、です」

今日買ったばかりのワンピースを着ている姫乃にとって、人に寝室を見られるのは恥ずかしいのだろう。

見せたことがないからハッキリとまではわからないが、隆史だって麻里佳以外の異性に寝室を見られるのは恥ずかしい。

「悪い。麻里佳以外の寝室に入ったの初めてだから」

いつも料理を作りに来てくれる麻里佳の寝室にもちろん入ったことがあり、そのときはここまで甘い匂いがしなかった。

男の本能を惑わすような甘い匂いがする部屋にいるのは心臓に悪いが、今日はここで寝るしかない。

おそらく寝る前が一番虐められたときの光景を思い出してしまうのだから。

寂しい思いをさせないために一緒に寝るのだ。

「私が初めてじゃないんですね。幼馴染みがいたらそうかもしれませんが」

何故か悲しそうな顔を向けられた。

確かに異性の幼馴染みがいればお互いの寝室は気軽に行き来できるため、高校生になった今でも麻里佳の寝室に入ったりする。

麻里佳も少しオタクなとこがあるため、たまに寝室まで行って漫画を借りたりするためだ。

最近流行りの悪役令嬢とか婚約破棄物のラノベも持っていたりするので、少しじゃないかもしれないが。

おそらくはアニメとか好きな隆史の影響をモロに受けてしまったのだろう。

「でも……私はタカくんが初めて、ですからね」

ふいに耳元で聞こえた甘い声は本当に心臓に悪い。

男の本能が理性では抑えきれなくなりそうだし、惚れられていると勘違いしてもおかしくないセリフだからだ。

でも、まともに話すようになってからまだ一週間もたっていないため、こんなに早く惚れられることはないだろう。

学校一の美少女、白雪姫と呼ばれている姫乃は数多くの男子から告白されているのだし、こんな簡単に惚れたら既に交際経験くらいあるだろう。

慰められたことで多少の好意はあるかもしれないが、あくまで親愛の意味で恋愛感情はないはずだ。

そう考えると既に一緒に寝ているのはすごいことだろう。

普通はまともに話すようになってから短期間でこんな美少女と一緒に寝るようなことはないし、もしかしてラブコメ展開？　と隆史は思った。

ラブコメであれば何らかの事情で知り合って間もない女の子と寝る機会が何故か発生し、そこから色々と発展していく。

本来あり得ないくらいの美少女と仲良くなっていき、そして主人公の誠実さに惚れる。

（いやいや、あり得ないだろ）

ここはラブコメではなく現実であり、そう簡単に姫乃が惚れてくれるはずがない。

「どうしました？　また式部さんのこと考えてたんですか？」

「いや、姫乃のことを考えてた」

「私のこと、ですか？」

キョトン、とした顔で姫乃は首を傾げる。

「まともに話すようになってから間もないのに二回も一緒に寝ることになるなんてなって」

「そういえばそうですね。私たちは既に色々と恥ずかしいことをしてますね」

今までのことを思い出したのか、姫乃は湯気が出そうなくらいに顔を真っ赤に染めた。

お互いの胸を借りて慰め合う、下着姿の彼女を抱きしめる、さらには一緒に寝たり二人きりで手を繋いでお出かけ、とやっていることは恋人同士のそれだ。

もちろんキスをしたり一線を超えたりすることはないが、思い出しただけで身体が熱くなる。

「でも……でも、相手がタカくんだから、嫌ではない、ですよ」

だから不意打ちにそういうことを言うのは止めてほしいと思いながら、隆史は心の中で悶えた。

麻里佳が一緒にいてくれるから異性には慣れていると思っていたが、彼女と他の人ではこうも違う。

やはり初日に抱きしめたり頭を撫でたりできたのは、フラれたショックや姫乃が悲しそうだったからのようだ。

「私がこうやってタカくんを家に入れることができるのは、襲われないっていうのもありますけど、一番の理由は一緒にいて安心できるんです」

ギュっと手を握られた。

「今まで男にしつこく言い寄られたことがあるのか?」

「少ししつこい人はいましたけど、そこまでの人はいないですよ」

何故か少しだけホッとした自分がいて、隆史は姫乃の指に自分の指を絡めるようにして繋ぎ直す。

麻里佳が好きなのは確実なはずなのに姫乃と一緒にいられて嬉しいと思ってしまったのは、ほんの少し……少しだけだけど諦めようという気持ちが出てきたからなのかもしれない。

「でも、タカくんは私にエッチな視線を向けたりしないので安心します」

以前下着姿はしっかりと脳内に記憶したが、エッチな視線を向けたわけではない。

女の子はエッチな視線に敏感だと聞いたことがあり、そういった視線を向けられるのは嫌なのだろう。

「こうも安心できるタカくんと仲良くしている式部さんが、少し羨ましい、です」

「姫乃?」

「私もタカくんと、仲良くしたい、です」

少し寂しそうな顔で身を寄せてきた姫乃は、何故か麻里佳に嫉妬しているらしい。

ひょんなことで麻里佳の気持ちが傾いて恋に落ちたら、せっかく慰めてくれる隆史が離れていく、と思ったのだろう。

「充分に仲が良いと思うけど」

まともに話すようになってから日が浅いが、ここ数日はすごく濃厚に過ごしている。

「じゃあ仲の良い証拠を見せて、ください」

「証拠？」

こうやって身を寄せてくる姫乃を受け止めているだけで仲の良い証拠になってはいるだろう。

でも、姫乃からしたら足りないのかもしれない。

「き、キス……してほしい、です」

「き、キキキキス？」

予想外の言葉に、隆史の身体は恥ずかしさでさらに赤くなる。

心臓もバクバク、と激しく鼓動し、このままいたら張り裂けてしまうんじゃないかと思うくらいだ。

「き、キスといっても頬に、です。流石に唇はまだダメです」

唇が触れ合うキスを想像してしまったのか、ポンという擬音が出そうなくらいに姫乃は顔全体を赤く染めた。

「頬にキスでも早い気が……」

張り裂けそうなくらいに恥ずかしい思いになりながらも、隆史は何とか声を出す。

「確かに私たちはまだ話すようになってから日が浅いです。でも、その短い期間を思わせないくらいに濃厚な時間を過ごしてます。だから私は……タカくんになら頰にキスをされても、いいと思って、ます」

全ての理性が吹き飛ぶかのような甘い言葉だが、隆史は何とか本能を抑えこめた。

ここで襲ってしまったら犯罪歴がついてしまうし、何よりせっかくの信頼を失うことになる。

慰めてもらうこともしてもらうため、信頼を失うことだけは何としても避けたかった。

「分かった。それで証拠になるなら」

「お、お願いします」

ゆっくりと瞼を閉じた姫乃は、頰をこちらに向けた。

スーハー、と一度深呼吸をし、隆史は姫乃の頰に唇をゆっくり近づけていく。

「あ……」

頰に触れた瞬間に姫乃は甘い声を出した。

「これがキスなんですね」

えへへ、と笑みを浮かべた姫乃は手で頰を押さえ、キスされた余韻を味わっているかのようだ。

「その……頰にキスされたのも初めて、ですからね」

不意打ちで甘い言葉を囁かれ、隆史は再び悶える羽目になった。

「身体が熱い……」

姫乃の寝室で座りながら、隆史はそんなことを呟く。

つい三十分前にお風呂に入った影響があるかもしれないが、一番の原因は同じ部屋で一緒に姫乃と泊まるからだろう。

先ほどから身体に熱が籠もるも、流石に家主の許可なく勝手にエアコンを使うわけにはいかない。

おそらくは省エネだろう、電気代がかかってしまうのだから。

「タカ、くん……」

バタン、とドアを開けて部屋に入ってきた姫乃にいきなり抱きしめられた。

丈の長い白のネグリジェにはワンポイントとして胸元に黒いリボンがついており、お風呂上がりだからか彼女の身体が少し紅潮している。

ただ、何でいきなり抱きついてきたのか分からなかった。

「ごめんなさい。お風呂は少し怖くて……」

青い瞳には大粒の涙が貯まっており、今にも溢れ出しそうだ。

そうか、と頷いた隆史は、何で彼女が泣きそうなのか分かった。

お風呂で一人、さらには水をかけられたことによる恐怖からだろう。

お風呂には水があるし、湯船に浸かっていると何かと過去のことを思い出したりするものだ。

お風呂に入っているときに水をかけられたことを思い出してしまったのだろう。

それでも三十分も入れたのは、きちんと臭いを取りたかったからなのかもしれない。

今日はお互いに身体が熱くなったのだし、汗とか気になったのだろう。

隆史自身も臭いを気にして、いつもより念入りに身体を洗ったのだから。

「よしよし。大丈夫だよ」

辛い思いをしている姫乃を慰めるのは隆史の役目であり、しっかりと彼女を受け止める。

少しでも落ち着いてもらおうと頭を撫でると、「ん……」と姫乃は甘い声を出す。

本当に頭を撫でられるのが好きらしい。

「ありがとう、ございます」

慰められて安心したのか、青い瞳からは涙がなくなっていた。

ただ、頬は紅潮しており、お風呂上がりで普段の姫乃より身体が熱い。

「熱い」

「そう、ですね」

お風呂上がりで抱きついたら熱くもなるだろう。

「その……アイスがあるので、一緒に食べますか?」

「食べる」

上目遣いで青い瞳をこちらに向けている姫乃からの提案に、隆史はすぐさま了承した。

身体の中が熱くなっている気がするし、アイスで中から冷やすのもいいだろう。

食べすぎてお腹を壊すのだけは気を付けないといけないが。

「じゃあ取ってきますね」

嬉しそうに笑みを浮かべて離れた姫乃は、小走りで部屋から出ていった。


「すいません。一つしかなかったです」

戻ってきた姫乃が持ってきたアイスは一つだけで、どうやら冷蔵庫には他になかったらしい。

「なら一つのアイスを分け合うか姫乃一人で食べるかだね」

このアイスを買ったのは姫乃のはずだし、本来であれば彼女が一人で食べるべきだろう。

でも、隆史もアイスを食べたい欲求があり、分け合う提案をしてしまった。

「じゃあ、分け合うで……」

一つのアイスを一緒に食べるのが恥ずかしいのか、頬を赤くしながらも姫乃は頷く。

（マジで？）

提案した手前聞き返すわけにはいかず、隆史は心の中でそう思う。

カップタイプのバニラアイスだからスプーンが二つあれば足りるが、それでも恥ずかしい気持ちは変わりない。

　慣れている人以外は恥ずかしいだろう。

「その……タカくんに全部あげようと思っていたので、スプーンは一つしかありません」

　確かに姫乃の手にはスプーンが一つしかない。

「だから、あーんってして、食べさせて、あげます」

　耳元で聞こえる甘い声はさらに隆史の身体を熱くなる。

　不意打ちが一番心臓に悪く、心臓の鼓動が自然と早くなってしまう。

「スプーンをもう一つ持ってくればいいのでは？」

　カラオケと違ってスプーンをすぐ持ってくることができる。

「今日はもう……離れたくないです」

　アイスとスプーンを持っていない左手でギュッと隆史の手を握ってきた姫乃は、本当に悲しそうだった。

　一人じゃ寂しいから離れたくないのだろう。

「一緒に行けばいいじゃん」

「ダメ、です。今日もたくさん慰めてもらいましたし、お礼がしたいです」

　あーんってされるのは好きですよね？　と聞いてきたため、隆史はコクリ、と頷く。

　どんなに恥ずかしい気持ちがあろうとも、美少女にあーんってして食べさせてもらうのは好きだ。

むしろ嫌いな人などいないだろう。

えへへ、と笑みを浮かべた姫乃は、カップの蓋を開けた。

真っ白なバニラアイスはすぐにスプーンによってすくわれる。

「あ、あーん……」

「あーん」

身体がさらに熱くなっているのを感じながらも、隆史は目の前にあるアイスを食べた。

冷たいアイスは口の中ですぐに溶け、熱くなった身体には心地良い。

「その……私も食べますね」

自分でアイスをすくった姫乃は、自分の口に運ぶ。

カラオケと同じように間接キスになり、せっかくアイスで少し冷えた身体は再び熱くなる。

「あーん」

再びあーんってして食べさせてもらった隆史は、アイスによって冷えたり、恥ずかしさで身体が熱くなったりの繰り返しだった。

「本当に一緒に寝るの？」

時刻は二十三時、隆史は寝る前に姫乃に尋ねた。

一緒に寝るのは初めてではないが、あのときはチョコのせいで酔っ払っていて記憶にない。

だから実質姫乃と一緒に寝るのは初めてのため、心臓がこれ以上ないくらいに激しく脈打っている。

バクンバクン、と先ほどから心臓の音が聞こえるのは、あり得ないほど緊張しているからだ。

おそらく姫乃も緊張しているだろう。

「はい」

ギュっと手を繋いできた姫乃は、何が何でも一緒に寝たいらしい。

ただ、これから一緒に寝るから恥ずかしいのか、手から熱が伝わってくる。

「俺が襲いかかるかもしれないよ？」

今更聞くまでもないかもしれないが、尋ねずにいられなかった。

もし、ここで追い出されるようであれば、このまま自分の家に帰ればいいだけ。

寂しくなったときに慰めてもらえなくなるのは辛いかもしれないが、何故か隆史に対して警戒心を微塵も見せない姫乃に男は危険って教える必要がある。

実際に襲いかかる勇気などないが。

恋人同士ならまだしも、付き合っているわけではないのだから。

「タカくんがそんなことするとは思えません。それにチョコで酔ったときに本能が出てるでしょうから、本当に襲う気があるならそのときにしてるはずです」

　確かにお酒を飲むと理性がいつもより効かなくなると言うし、それに近い状態になっても襲われなかったから信用しているのだろう。

　以前抱きしめて寝てしまったが。

「まだ話すようになって一週間もたっていませんけど、私はタカくんのことを信用していますよ」

　笑みを浮かべて言う姫乃は、本当に隆史を信用しているようだった。

　チョコで酔ったときだけでなく、下着姿の姫乃を抱きしめても襲わなかった、そのことも大きな要因だろう。

　実際には襲うだけの勇気がないだけなのだが、それが姫乃にとってはいいようだ。

　モテすぎるので、ガツガツくる男性が好きじゃないのかもしれない。

　そういった人が好きであれば、姫乃にはとっくに彼氏ができているだろう。

「だから……一番安心できる、タカくんを感じながら寝させて、ください」

　自分で言って恥ずかしくなったのか、「あう……」という声が姫乃の口から漏れた。

　それでも一緒に寝ようとするのは、一人で寝るのが不安だからだろう。

「分かったよ」

　全面的に信頼してくれるのは嬉しいし、不安がっている女の子が一緒に寝てほしいと言っているため、一人で寝る理由がない。

そもそも一緒にいようと言ったのは隆史自身なので、相手が求めているならそれに応えるだけだ。

「あ……」

安心させるために、隆史は姫乃の赤くなっている顔を自分の胸に埋めさせる。

きちんと慰めてあげるから安心してほしい、と抱きしめながら訴えかける。

こうやって抱きしめるのはどんなに恥ずかしかろうと、安心させるためには仕方ない。

抱きしめるのは嫌ではないが。

「ベッドに、入ろうか」

「は、はい……」

そのままの体勢でゆっくりとベッドに上がって横になる。

ベッドまで数歩だから一度離れても良かったが、そのままが良さそうっぽかったから抱きしめたまま移動した。

ふかふかなベッドは心地良くて普段であればすぐに眠れそうだが、今日は姫乃を抱きしめているからそうはいかない。

寝る前だというのにいまだに心臓は激しく鼓動し、本当に寝るどころではないのだ。

しかも抱きついた状態でどうすれば落ち着くのかわからないし、心臓の鼓動は姫乃にも伝わっているだろう。

「しばらく寝れない、かも」

流石にしばらくすれば睡魔で寝てしまうだろうが、少なくとも日付が変わるまでは眠れる気がしない。

「私も、です。でも、明日は休みですし、こうしているのもいいと思います」

胸からヒョコっと顔を出してきた姫乃は、すぐに寝るより抱きしめられていたいらしい。

隆史としては色々と心臓に悪かったから早く寝たいが、どうやらそうはいかないようだ。

すぐに眠れる気がしないのだけれど。

「タカくんの……好き、です」

「はいぃぃ？」

あまりにも予想外の言葉に、隆史は奇声みたいな声で聞き返してしまった。

聞き間違いじゃなければ、間違いなく姫乃はタカくんの……好き、です、と言った。

「タカくんの胸に、こうするの……好き、です」

自分の顔を隆史の胸に押し付けてきた姫乃からの告白だ。

仲良くなるキッカケが慰め合いなのだし、こうして胸で慰められて好きになったらしい。

ただ、恋愛感情ではなく、この行為が好きなのだろう。

まるで彼女が彼氏に甘える行動、さらには好き、という言葉に隆史の心臓は張り裂けてしまうんじゃないかと思うくらいに激しく動く。

　全身に血液がすごい勢いで巡っている影響なのかさらに身体が熱くなるし、恥ずかしすぎて姫乃のことを見ることすらできない。

　こうして抱きしめているだけでも上出来だろう。

「タカくんの鼓動、すごいです。あんな可愛い幼馴染みがいるのに、女の子慣れしてないのが分かります」

　まるでもっと感じたいかのように、姫乃は自分の耳を隆史の胸に当てる。

「麻里佳とは、一緒に寝るわけじゃないから」

　毎日ご飯を作りに家には来るが、もちろん泊まりなんてイベントが起きるわけではない。

「そうなんですね。じゃあ幼いときはともかく、思春期になってから女の子と一緒に寝るのは、私が初めて、ですか？」

「そうだね」

「なら嬉しい、です」

　えへへ、と笑みを浮かべている姫乃は、本当に嬉しいと思っていそうだった。

　だから勘違いするから止めてほしい、と言いたいものの、恥ずかしさで口にすることができない。

「その……私は、男の子と一緒に寝るのは、生まれて初めて、ですから」

頬を真っ赤にして言ったあと、姫乃は恥ずかしすぎるのか照れ隠しするかのように隆史の胸に顔を埋めた。

しばらくの間、隆史は脳のキャパがオーバーして何も言えなかった。

4章／甘えんぼな白雪姫

「タカくん、起きてください」

自分を呼ぶ優しい声が聞こえ、隆史は重い瞼をゆっくりと開けた。

寝起きで少し視界が悪いが、目の前には白い髪と青い瞳が目に入る。

「おはよう、ございます」

「おはよう」

ボーッとしながらも、隆史は姫乃に挨拶を返す。

抱きしめながらのために緊張しすぎて寝付いたのは日付が変わってからだったが、次第に頭が覚醒してくる。

ただ、覚醒するとともに、恥ずかしい気持ちが溢れかえってきてしまう。

朝なのに身体が熱いが、それでも何故か離したいとは思えなかった。

おそらく恥ずかしいのは姫乃も同じで、かなり……いや、顔全体が熟れた林檎のように赤くなっている。

恥ずかしそうな顔をしている姫乃も、離してほしくはなさそうだ。

「朝も、タカくんに抱きしめてもらうと、すごい安心します」

本当に安心していると伝えるためか、姫乃は隆史の頰に手を当てる。

「だから……いつでも抱きしめて、いいですから」

恥ずかしそうに言ってきた姫乃は、照れすぎるのか自分の顔を隠すように隆史の胸に埋めた。

胸の中で「あう……」という声が聞こえたのは気のせいではないだろう。

抱きしめられるのは姫乃にとって慰めてもらうのと同義なはずだし、抱きしめられて安心したいのかもしれない。

「そろそろ起きて、ご飯食べない？」

ずっとこのままの状態では心臓に悪いため、抱きしめていたい気持ちはあれどご飯を提案した。

身体が熱くなっている影響でカロリーが消費されたようで、隆史はお腹が空いている。

早く姫乃の手料理を食べたいという気持ちがあった。

美味しいのだし、食べたいと思うのは普通のことだ。

「分かりました。作りますね」

少し残念そうな顔をしながらも、姫乃は離れてご飯を作りに行った。

「いただきます」

テーブルに朝食が用意され、隆史は座って朝ご飯を食べ始める。

本日は洋食で、マーガリンが塗られたトーストにハムとサラダだ。

トーストなんて誰が作っても味なんて変わらないだろうが、何故か姫乃の作ったトーストはあり得ないほど美味しかった。

外はサクサク、中はフワフワという自分好みの食感だからかもしれない。

麻里佳の作るトーストも同じ食感なのだが。

「姫乃の作る料理は何でも美味しいね」

「ありがとうございます。タカくんに言われると嬉しいです」

頬を赤くしながらトーストを食べる姫乃は可愛く、このタイミングで改めて白雪姫と呼ばれるに相応しいな、と思った。

学校では何でも淡々とこなしているため、おそらく男子の中では恥ずかしがっている姫乃を見れるのは隆史だけだろう。

自分だけが見られる特別感を覚えて、何故か嬉しい気持ちになった。

麻里佳が好きなはずなのに他の人を独占したいという気持ち……隆史はどうしていいか分からなくなる。

好きな人を独占したいだけならまだしも、他の女の子を独占したいなんておかしな話だ。

でも、もし姫乃が他の男子と仲良くしてたら間違いなく良い気持ちにはなれない。

いくら女子たちから虐められないようにするために一緒にいるとはいえ、独占するのは間違いだろう。

「その、あーんってしますか？」

香ばしく焼かれたハムをフォークに刺した姫乃は、隆史の口元に持ってくる。

いまだに慣れないものの、あーんってしてくれるのが嬉しくなって口元にあるハムを食べた。

焼き加減も丁度良く、ウスターソースで味付けされたハムは絶品だ。

「あの……これからは私にご飯を作らせてくれないですか？」

「え？　ご飯を？」

「はい。タカくんを見てると式部さんと一緒にいたい気持ちはあるけど、少し辛いように思えます」

確かに好きな人と一緒にいたいが、フラれたから話せても辛いときがある。

「私がいればタカくんを慰めてあげることができます。辛いときはいつでも私を頼って、ください」

「分かったよ」

真剣そうな瞳を向けられたので、隆史は首を縦に振った。

女子たちから虐められなくなるために一緒にいるだけでなく、辛いときはお互いに慰め合おう、ということだろう。

いつでも慰めてもらえる相手がいることは精神的に楽になり、隆史にとって姫乃と一緒にいるメリットでもある。

ただ、学校でも一緒にいるから、確実に男子から嫉妬の視線を向けられるだろう。

女子たちから敬遠されている姫乃は、白雪姫と呼ばれるくらいに男子からは人気があるのだから。

もし、嫉妬の視線を向けられてストレスが溜まってしまったのであれば、姫乃に慰めてもらえばいい。

「ありがとう」

「いえ、お礼を言うのは私の方です。一緒にいることは私の保身にもなるのですから」

確かに一緒にいれば女子から虐められなくなる可能性が上がり、お互いにとってメリットがあるからこその提案だろう。

「でも、今日は家に帰るけど。麻里佳と約束したから」

昨日に明日は一緒に食べるから、とメッセージをしてしまったため、帰らなかったら麻里佳のお怒りを買うことになる。

だから姫乃には申し訳ないが、今日だけは帰らないといけない。

「分かりました。なら私も一緒に行ってもいいですか？　式部さんと話してみたいですし、私がいれば少しでも楽になるかと思いますので」

「ん。大丈夫」

そういった約束をした隆史は、美味しいトーストにかぶり付いた。


「白雪さん、いらっしゃい」

自分の家に帰ると既に麻里佳がいて、隆史は苦笑いしかできなかった。

第二のマイホームみたいなものとはいえ、まさか自分の家のように麻里佳が居座っているとは思っていなかったからだ。

休日は掃除などでこの家にいることが多いものの、あくまで麻里佳の家ではない。

しかもロンティーにショーパンという家でくつろぐときの格好で、ワンピースを着てお洒落をしている姫乃とはえらい違いだ。

「お邪魔します」

少し頰を赤らめた姫乃は可愛い靴を脱ぎ、麻里佳と共にリビングに向かっていく。

隆史も靴を脱いでリビングに向かう。

「白雪さんは紅茶派？　それともコーヒー派？」

「紅茶で。苦いのは苦手なので」

ソファーに座った姫乃は紅茶が好きなようで、以前来たときに紅茶を出して良かった、と隆史は思った。

苦いのがダメであればコーヒーは飲めないだろうからだ。

姫乃の性格からしてコーヒーを出されたら飲んだかもしれないが、砂糖やミルクを入れても苦手な人は飲めない。

「お待たせ」

「ありがとうございます」

ケトルでお湯を沸かして紅茶を入れた麻里佳は、テーブルに紅茶の入ったカップを置く。

ティーバッグといっても林檎の香りがするため、苦いのが苦手な人にも飲みやすいだろう。

「いただきます」

ホットの紅茶を口にした姫乃の顔は少し穏やかで、もしかしたら麻里佳相手にも少し安心しているところがあるのかもしれない。

昨晩に隆史のことを信用していると言っていたし、その隆史と幼馴染みである麻里佳を信用できるのは頷ける。

ただ、完全に信用するのはこれから話してからだろう。

今の姫乃は学校で見せるときの誰にでも見せる顔も混ざっているようなので、本当に信用できるかこれから判断するようだ。

「たっくんからある程度の話は聞いてるよ。虐めなんて本当に許せないことだよね」

姫乃の隣に座った麻里佳から怒りのオーラが出ているかのように顔が険しくなった。

元気で優しい麻里佳が怒るのは本当に珍しく、姫乃を虐めた女子を許したくないのだろう。

「私も力になるからいつでも頼ってね」

「ありがとうございます。でも、私にはタカくんがいますから」

ニッコリ、とこちらを向いて笑みを浮かべた姫乃が本当に可愛く、緊張や恥ずかしさとは別の意味で心臓に悪い。

まるで初めて麻里佳を異性として意識したときと同じような感覚だ。

「たっくんがこんなにも頼りにされてる。お姉ちゃんとして嬉しいよ」

本当に嬉しそうに思っている麻里佳を見て、隆史はやはり弟としか見られていないな、と実感した。

異性として見ているのであれば、麻里佳の性格からしてもっとつっかかってくるだろう。

悲しい気持ちはあるが、異性に見られていないのであればどうしようもない。

「そうですか。あと、これからは私がタカくんのご飯を作りますので」

「え？　それじゃあ私がお姉ちゃんぶれなくなるよ？」

少し場の雰囲気が怪しくなってきた気がするも、隆史は止めにかかることはしない。

「式部さんはタカくんの告白を断った。一緒にいても悲しいだけだと思うんです。なら今後は私が作った方がいいと判断しました。それに関してはタカくんも了承してます」

「たっくん、本当？」

ウルウル、と若干ながら涙が溜まっている茶色い瞳がこちらを向く。

弟としてしか見ていないから付き合えないが、お姉ちゃんとしてお世話はしたい、そんなことを思っているのだろう。

「そう、だね。今後は姫乃に作ってもらおうかなって思ってる」

フラれたのであれば幼馴染み離れしないといけないし、これからは姫乃に作ってもらった方がいい。

でも、やはり麻里佳が好きな気持ちもあるため、作ってもらえなくなるのは悲しい気持ちもある。

「そっか……姉離れした弟を影から見守るのもお姉ちゃんの役目だよね。少し寂しいけど……」

付き合うことはできないけど姉としてはもっと一緒にいたかった……涙を流した麻里佳はそんなことを思っていそうだった。

「ご理解いただきありがとうございます。でも、全く話すなというわけではありませんよ。あくまで今までより接触を控えた方がいいだけなので」

「なら良かった。たっくーん」

抱きついてきた麻里佳は全く分かっていないのかもしれない。

今までは手を繋いでくる程度だったのに今回抱きついてきたのは、いつまでも姉でいたいからだろう。

麻里佳が告白されているのに全て断っている理由として、『たっくんの面倒を見ないといけないから』というものだった。

面倒を見ていたいから彼氏を作らないようなので、この関係が続く限り麻里佳に恋人はできないだろう。

気のせいかもしれないが、今の麻里佳は弟離れできない姉のようだ。

姉弟ではないにしろ、色々とブラコンを拗らせて離れたくないらしい。

「全く分かっていないじゃないですか」

呆れたような顔になった姫乃は、少し悲しそうな声を出した。


「あ……タカ、くん」

リビングのソファーに座りながら、隆史は姫乃の胸で慰めてもらっている。

胸で慰めているからか、姫乃は甘い声を出した。

先ほどまでいた麻里佳の影響で少し辛くなってしまい、慰めてもらいたくなったのだ。

告白を断ったにもかかわらずスキンシップが激しいため、一緒にいると辛い気持ちがある。

だからこうして姫乃に慰めてもらう。

ちなみに麻里佳は両親に呼び出されて自分の家に帰っていった。

どうやら久しぶりに家族団欒で昼ご飯を食べたいとのことだ。

いつもこの家でご飯を食べているし、たまにはいいのかもしれない。

「私と利害が一致する共存みたいな関係なので、いつでもこうしてください」

胸に顔を埋めている状態で姫乃に頭を撫でられると、辛さが軽減される。

胸に顔を埋めながら頭を撫でられるの好きかも、と思いながら姫乃にひたすら甘え、辛い気持ちを失くしていく。

「タカくんは甘えん坊ですね。式部さんがお姉ちゃんぶりたくなるの分かる気がします」

「そうかな?」

「はい。少し童顔なとこもあるかもしれませんが、こう雰囲気が……他の人にされたら嫌でも、タカくんなら大抵のことは許せそうです」

ずっとこうしてていいですよ、と言ってきた姫乃は、本当にされてもいいかのような口ぶりだった。

胸に顔を埋めているから顔は見えないが、恥ずかしくて頬を赤くはしているだろう。

照れてる姫乃を見てみたい気持ちはあるものの、胸に顔を埋めていたい複雑な気持ちだ。

なので今は姫乃の胸を堪能して癒やされることにした。

男からしたら女性の胸から離れることはできないのだから。

「本当にずっとこうされていたい……式部さんじゃなくて私に……」

「ん？　何か言った？」

至近距離でも上手く聞き取れないほどに小声だった。

「いえ、な、何でもありませんよ」

何か言ったのだから何でもないわけではないのだろうが、特に気にせず隆史は「そうか」と頷く。

今はそんなことより自分が癒やされるのが優先であり、あまり気にしている場合ではない。

この柔らかい胸がたまらないのだから。


「ありがとう。助かった」

しばらく慰めてもらったあと、隆史は姫乃から離れた。

何故か離れる際に「あ……」と寂しそうな声が聞こえた気がするが、長時間胸に顔を埋められるのも嫌だろう。

こちらとしてはもっと癒やされたい気持ちはあるものの、胸に顔を埋めているのは恥ずかしさもあるから止めた。

あくまで辛さがなくなったら慰め合いは一時終わり、というのが理想だろう。

それに三十分以上のあいだ胸に顔を埋められていたからか、姫乃の顔は恥ずかしさで真っ赤になっている。

でも、何故かどこか寂しげで、もう少ししててもいい、とも思っていそうな雰囲気もあった。

「その……もっとタカくんに、甘えてほしい、です」

髪の隙間から見える耳まで真っ赤にして瞼を閉じながら言ってきた姫乃は、もしかしたら母性本能が刺激されたのかもしれない。

麻里佳の気持ちが分かるようなことを言っていたのだろう。

「でも……」

甘えるのはやぶさかではないが、既にご飯を作ってもらったりたくさん甘えさせてもらっている。

共存関係といえど、これ以上甘えていいものか？　と隆史は思う。

お互いに辛いときに慰め合う関係なため、必要以上に甘えるべきではない。

それにあまり甘えすぎると依存してしまう可能性があるし、しすぎるのも問題だ。

あくまで隆史は麻里佳を諦めるために慰めさせてもらっている部分もあるので、甘えるのに依存することは望んでいない。

「私は大丈夫、ですから」

頰を真っ赤に染めている姫乃は、恥ずかしさはあれどすごい甘えてほしいようだ。

「分かった」

甘えてくれないと泣いちゃいます、みたいな悲しそうな顔をされたので、隆史は頷くだけしかできなかった。

姉のような幼馴染みがいたから甘えるのは嫌いじゃないが、できることなら甘えすぎるのは勘弁願いたい。

そこそこ、の関係の方がお互いにとって都合が良いはずなのだから。

「じゃあ甘えるから」

「はい。え？　ひゃあ……」

甘えるのは胸に顔を埋めるだけじゃない、と教えるために、隆史は姫乃をソファーに押し倒す。

付き合ってもいない女の子を押し倒すのは最低の行為かもしれないが、あまり慰め合いすぎるのも問題だというのを教えなければならない。

こうやって押し倒すのは初めてでものすごく恥ずかしいものの、男に心を許しすぎるのも危険と知らしめないといけないから仕方ないだろう。

もちろんこのまま襲うわけではない。

「ひゃん……」

いきなり押し倒されて服が若干乱れている姫乃の赤くなっている耳に甘噛みすると、彼女の口から甘い声が漏れた。

心臓が張り裂けそうなくらい恥ずかしいが、隆史が甘噛みを止めることは決してない。

もちろん本気で嫌がってきたら止めるつもりではあるものの、恥ずかしさを我慢しながら甘噛みを続ける。

これまでしたことがない甘噛みも甘い声に理性がゴリゴリ、と削られていくが、何とか理性で抑え込む。

「タカ、くん……」

もっとしてきてもいいかのように、姫乃は隆史の背中に腕を回してきたのだった。

「あれ？　白雪さんは？」

午後二時過ぎ、家族でご飯を食べてきたであろう麻里佳が家まで来た。

リビングにいない姫乃のことが気になるのだろう。

フった相手の家に合鍵を使って普通に入ってくるのがすごい。

「帰ったよ」

甘噛みされたことで恥ずかしさのキャパがオーバーしてしまったようで、終わったあとに「今日は帰ります」と言って頬を赤くして帰ってしまった。

ただ、『嫌ではなかったので明日からも一緒にいてください』とメッセージが来た。

今日は恥ずかしすぎて一緒にいられなくなっただけらしい。

隆史もさらに恥ずかしくなり、姫乃が帰ったあとですら身体が熱くなっている。

冷房を付けたい気分だが、この季節に付けるのはよろしくない。

「たっくんの顔が赤い。恥ずかしいことでもしちゃった？　それともされちゃった？」

やるやないか。このこの～、と頬を指でつつかれた。

先ほど甘えてくれなくなるかもしれない、と少し寂しそうにしていた麻里佳だが、そういうわけではないと分かってからはいつものテンションだ。

基本的に麻里佳は隆史の姉としていられればいいようなので、他の女子と一緒にいても問題ないらしい。

「憶測で言わないで」

実際に恥ずかしいことをしているが、知られたくないから言わないでおく。

耳に甘噛みしたと聞けば、確実に「エッチだよ」と言われるのだから。

「黙っているのはこの口かな？」

「知らん。あむ」

「ひゃあ……」

少ししつこいから唇に指を当てて来た麻里佳の人差し指を甘噛みしたら、彼女の口から甘い声が漏れた。

いきなりのことで驚いて出たのだろう。

「たっくん、私にはお姉ちゃんだからこういうことしても許されるけど、白雪さんにしたらダメだよ」

何で顔を赤くしているのかすぐに見抜かれてしまった。

流石は幼馴染みだ、と思わずにいられない。

「二人は慰め合う関係なんだからあまりエッチなことをしたら白雪さんに嫌われちゃうよ。だから過剰に甘えたいときは私を頼りなさい。えい」

「うぶっ……」

指を口から離した瞬間に麻里佳の胸に顔を埋めさせられた。

腕によってしっかりと顔を押さえられているため、多少の力では抜け出すことができないだろう。

いつもはここまでしないはずなのにしてきたということは、少しだけ姫乃に嫉妬しているのかもしれない。

「私はいつまでもたっくんのお姉ちゃんなのです」

よしよし、と頭を撫でてきた麻里佳の声から少し寂しさが伝わってきた。

姫乃と一緒にいることは同情して容認できるが、心情的にはあまりしてほしくないのかもしれない。

姫乃がいるとお姉ちゃんがお姉ちゃんでいられなくなる……そんなことを思っているのだろう。

付き合えないのに姉としてはいたいという我がままっぷりを発揮している麻里佳の胸は姫乃ほど大きいわけではないが柔らかく、しかもとても良い匂いだ。

（俺もダメダメだな）

二人の女の子に甘えさせてもらっているため、隆史は自分がクズだ、と思わずにいられなかった。

失恋してしまっても、たとえ一緒にいるのが辛いとしても、好きな人と一緒にいたい気持ちはある。

少し気持ちの変化があったが、やはり麻里佳と触れ合うと気持ちが揺らぐ。

諦めないといけないのは分かってはいるものの、こんなことをされては諦めきれなくなる。

フラれても好きな人に甘えさせられては諦められなくなるだろう。

「たっくんに甘えられるのキュンキュンしちゃうよぉ」

キュンキュンするのは勝手だが、半ば無理矢理されたから甘えているわけではない。

姫乃を帰してしまったのは間違いなく失敗だった。

「昨日は寂しかったから今日は離してあげない。たくさんお姉ちゃんに甘えて？」

ギューっとさらに力を入れてきた麻里佳に、隆史は晩ご飯を作る時間になるまで無理矢理甘える羽目になった。

「思わず帰ってきちゃいました……」

つい先ほどまで隆史の家にいた姫乃は、耳を甘噛みされて恥ずかしくなって自分の家に帰ってきてしまった。

外出用の服から部屋着に着替えずに自室のベッドに倒れ込む。

甘噛みされたことなんて生まれて初めての経験で、身体が熱くなって心臓が破裂しそうなほどに激しく鼓動していた。

「不思議と、嫌ではなかったんですよね」

いまだに熱さを感じる顔を枕に埋もれさせて呟く。

一番信頼している隆史にされたからなのか不思議と嫌な気持ちはなく、恥ずかしくなかったらもっとしてほしかったのかもしれない。

でも、恥ずかしさが限界に来てしまい、思わず家を飛び出してしまった。

「また一緒にいてくれますよね？」

家を飛び出したあとに送ったメッセージにはきちんと返信があり、一緒にいてくれるとのこと。

一緒にいてくれるのは良かったが、もし、逃げてしまったことで嫌われてしまったらどうしよう？　という不安が頭をよぎる。

「一緒にいれなくなったら嫌、です」

自然と目尻が熱くなってくるのを感じ、姫乃は隆史がいないとダメなのかもしれない、と実感した。

見た目に関しては今まで告白してきた中の人の方がカッコよかったりしたし、隆史の見た目は良くて中の上だろう。

でも、傷心してるときに慰めてもらったからか、今の姫乃は隆史のことで頭がいっぱいだ。

「式部さんが羨ましい……」

現在隆史が想いを寄せている相手の式部麻里佳が本当に羨ましく、できることなら立場を交換してほしい。

付き合う気がないのであれば必要以上に絡まないでほしいし、あのままであれば隆史が麻里佳を諦めるのが難しくなる。

式部麻里佳ではなくて自分に甘えてほしい……姫乃の頭はそんな想いで支配された。

「こんなにもタカくんのことを考えてしまうのってもしかして……」

これが恋なんじゃ？　と思うとさらに身体が熱くなり、恥ずかしさで足をジタバタ、と上下に動かす。

まだ話すようになってから一週間もたっていない人に恋をするなんてチョロい……そう思わずにはいられなかった。

一緒にいて分かったことがあり、隆史は幼馴染みの麻里佳がいるのに異性との触れ合いを恥ずかしがるタイプだ。

だからこそ下着姿の姫乃を抱きしめても襲いかかるようなことがなかったし、一緒にいて安心させてくれるのが隆史のいいところ。

一緒にいると安心してしまうから短期間でこうも気持ちが揺らいでいるのかもしれない。

「この気持ちが恋でも、叶いません」

目尻に貯まっていた涙が溢れてくるのを感じた。

今のままでは完全に片想いで、しかも最悪の三角関係になり、勇気を出して告白してもフラれるのがオチだ。

しかも隆史の幼馴染みである麻里佳とは違って、もしフラれてしまえば今の関係は確実に終わる。

さらに関係が終われればまた女子たちに虐められる可能性があり、姫乃にとってはデメリットしかない。

「タカくんと一緒にいれなくなるのは、嫌です」

一番信頼できる隆史と一緒にいられなくなるのは何としてでも避けなければならないことだ。

虐められなくなることもあるのに加えて、一緒にいたい気持ちが強いから。

虐められるという最悪の気持ちのときに現れた隆史は姫乃にとって光であり、安らぎを感じる温かさもある。

先ほど甘えられたいと思ったのも、姉のような存在である麻里佳に甘えてほしくないと心の奥底で考えていたからなのかもしれない。

「こうなったら私からアタックするしか……」

恥ずかしい気持ちはあるものの、隆史に麻里佳を諦めてもらうには自分からいくしかないだろう。

どうやら隆史は甘えられる相手が好きなようなので、慰めを言い訳にしてくっついてもらえばいい。

そうして意識してもらってから麻里佳を諦めてくれたらさらにアタックしていく……そうすれば好きになってもらえる可能性がある。

「式部さんには絶対に負けません」

一緒にいられなくなるのを避けるため、姫乃は恥ずかしくても少し……ほんの少しだけ積極的になってみようと思った。

「タカくん、おはようございます」

週が明けて月曜日の朝、インターホンが鳴ったので出てみると、若干ながら頬を赤くしている制服姿の姫乃が画面越しに映っていた。

今日から本格的に姫乃に特定の男子がいると学校の人たちに思わせるため、一緒に登校しようと考えたのだろう。

「今開けるね」

耳への甘噛みのせいで嫌われなくて良かった、と思いつつ、隆史はドアホンに付いているロック解除ボタンを押す。

これからしばらくの間は一緒にいることになるのだし、合鍵を渡した方がいいかもしれない。ピッキングがしにくくなっている鍵だから作るのに多少時間がかかるかもしれないが、渡しておいて損はないだろう。

「白雪さんが来たの?」

「うん」

キッチンの方から料理を作っている麻里佳の声がしたために答える。

昨日姫乃が料理を作ると言ってきたのにもかかわらず作っているのだから、麻里佳の性格は本当に変わっているだろう。

もしかしたら学校がある日の昼だけ姫乃が作ると勘違いしているのかもしれない。

鼻歌を口ずさみながら楽しそうに料理をしている。

「来たね」

この時間のエレベーターは通勤、通学の人たちで使われるから階段を上がって来たのだろう。

玄関に向かってドアを開けると、笑みを浮かべた姫乃が立っていた。

この笑顔を見る限り、本当に耳を甘噛みされたことは怒っていないようなので、隆史はホッと胸を撫で下ろす。

「その……一緒に登校しようかと思いまして」

頬が赤い姫乃は手足をモジモジ、と上下に動かしている。

一緒に登校しようとは約束していないため、恥ずかしがり屋の姫乃には少し勇気がいることだったのだろう。

「取り敢えず上がって」

まだ朝ご飯を食べていないから登校することができず、隆史は姫乃をリビングに招き入れた。

「式部さん、いたんですね」

「うん。だってたっくんの面倒を見るのはお姉ちゃんである私の役目だもん」

約束と違うじゃないですか、と思っていそうな目で姫乃は麻里佳を見ると、全く悪いと思っていなそうな答えが返ってきた。

「料理は私が作る約束じゃないですか？」

「え？　だって白雪さんは家まで少し距離があるし大変でしょ？」

「歩いて十分なので苦ではありませんよ」

はあ～、と深いため息をついた姫乃は、本当に麻里佳に対して呆れているようだった。

幼馴染みの姉弟のように思っているから付き合えないのは仕方ないにしても、告白を断ってからまだ約一週間ほど……よく来られますね、と思っているのかもしれない。

「せっかく作ってきたのに……」

ボソッと呟いた姫乃が持っている鞄の中には、お弁当と朝ご飯が入っているのだろう。

これは完全に予想でしかないが、おそらく昨日甘噛みされた恥ずかしさであまり寝ることができず、いつもより遅くなったから慣れている自分の家でお弁当と朝ご飯を作ったようだ。

初めてではないにしろ、自分の家とは勝手が違う人の家だと慣れなくて普段よりスピードが遅くなる。

「ご飯できたよ」

キッチンの方から声が聞こえた。

「大丈夫。姫乃の料理もきちんと食べるから」

耳元でそう囁くと、嬉しそうな声で姫乃は「はい」と頷く。

朝食をテーブルに運ぶため、隆史はキッチンまで向かった。


「タカくん、あ、あーん」

朝ご飯を食べ始めて少したち、「よしっ……」と何か覚悟を決めたような表情になった姫乃が自分が作ったタコさんウインナーを隆史の口元に持ってくる。

人前であーんなど姫乃にとって恥ずかしいだろうが、何としてでもやりたいようだ。

もしかしたら学校で麻里佳が隆史に執拗に絡んできたら自分に特定の男子がいる、と学校の人たちに思わすことができない、と考えているのかもしれない。

なのでこのあーんは麻里佳に牽制をかけているのだろう。

「ちょっ……」

人前であーんが恥ずかしいのは隆史も同じであり、隣に座っている姫乃を見られないでいる。

「タカくん、あーん」

どうしても止めてくれそうにないため、隆史は口元にあるタコさんウインナーを食べていく。

塩コショウで味付けされたウインナーは美味しく、おそらくは今日のお弁当にも使われているだろう。

「私もたっくんにあーんってする」

テーブル越しに向かい合って座っていようともあーんはできる距離で、麻里佳は目玉焼きの白身の部分だけ箸で切って隆史の口元に持ってくる。

思春期になってからあーんってしてこなくなったのに、今日はどういうつもりなのだろうか？

「式部さん、あなたはタカくんをフったのを分かっているんですか？」

「うん。でも、姉弟で付き合ったりしないでしょ？」

「本当の姉弟ならです。あなたたちは幼馴染みで姉弟じゃないですよね？」

「確かに血の繋がりはないけど、たっくんは私の弟だから。どうなろうと弟を甘やかすのはお姉ちゃんの役目だよ」

何なんでしょう、この人は？　と呟いた姫乃は、「はあ〜……」と盛大なため息をつく。

付き合えないから告白を断っても一緒にいたいからお姉ちゃんを主張する……本当に変な人です、と思ったのかもしれない。

「たっくん、あーん」

仕方ないな、と思った隆史は、口元にある目玉焼きを食べた。

いつも通りの味付けだが、普段してもらわないから若干変な感じだ。

「た、タカくん、私もです。あーん」

今日の朝食は二人からあーんで食べる羽目になったのだった。


『私が一緒にいたらまずいから先に行くね』

そう言った麻里佳は先に学校へ向かった。

きちんと姫乃の虐めについて同情していたし、学校では彼女と一緒にいるのを譲るのだろう。

自分がいると噂が立ちにくくなる可能性がある、と判断したようだ。

「式部さんも少しは常識があったのですね」

普段からは考えられないほど姫乃は麻里佳に対して毒舌で、あまり仲良くできないのかもしれない。

フった相手と一緒にいるような人とは仲良くしたいと思わないのだろう。

ボソッと呟く姫乃に対して隆史は、彼女から視線を逸らして苦笑いするしかできなかった。

学校での姫乃は常に一歩引いて相手を立てるはずだが。

「タカくん、私たちの関係を皆に見せないといけないので」

マンションの外に出たところで、姫乃は優しく隆史の手を握る。

それに応えて隆史は指を絡め合うようにして手を繋ぎ、一緒に学校へと向かう。

姫乃ほどの美少女と手を繋ぎながら登校すれば目立つし、すぐに学校で噂になるだろう。

マンションから学校まで徒歩十分ほどのために既に同じ制服を着た男女が何人かこちらを見ており、「白雪さんが男と手を繋いでいる」とか「あいつは式部さんの幼馴染みじゃないか？」などと言っている人たちがいる。

こうなってくれば姫乃に特定の男がいると思わせることができるのは時間の問題で、ここまでは計画通りに進んでいるだろう。

問題があるとしたら麻里佳のことで、もしかしたら隆史と彼女は将来付き合うんじゃないか？　と思っている人たちがいるらしい。

一年のときはクラスが同じだったから学校でも一緒にいたし、これぱっかりはどうしようもないだろう。

よく一緒にいた事実をなくすことなどできはしないのだから。

「すごく見られてます、ね」

「そうだな」

頬を真っ赤にしている姫乃からの言葉に、隆史も恥ずかしくなりながらも頷く。

ただ、目立たないと噂は立たないから見られないと意味がない。

なので恥ずかしくても手を繋いでいるしかないのだ。

「でも、こうしないと意味がないから」

「分かって、ます」

土曜日は手を繋ぎながら一緒に出かけて視線を集めたはずだが、そのときとは少し違う感じがするのだろう。

休日の駅前はもちろん姫乃のことを知っている人は少ないが、今の登校時間は違って彼女を知っている人が多い。

だから手を繋ぎながら登校するのはすごく恥ずかしいのだろう。

「これ、タカくんが何か言われたりしませんか?」

心配そうな瞳でこちらを見つめる姫乃からの質問だ。

「大丈夫だよ。嫉妬されたり陰口は言われるだろうけど、直接何かをされたりしないよ」

学校一の美少女で白雪姫と言われる姫乃と、幼馴染みでよく一緒にいる麻里佳は、男子からの人気がすごいある。

もし、隆史を虐めるようなことがあればその二人に嫌われる可能性があり、何かしてくることはないだろう。

だから実質隆史に被害がない。

問題は麻里佳が学校でどう絡んでくるかだけ。

「ならいいのですが……」

少し表情が和らいだが、まだ少し心配していそうだった。

もしかしたら自分のせいで陰口を言われる可能性があるのが嫌なのかもしれない。

女子たちから陰口を言われている姫乃にとっては、その辛さが分かるのだろう。

「心配ないから」

「あ……」

ものすごく恥ずかしい気持ちを我慢しつつ、隆史は姫乃を自分の方へと引き寄せた。

人前でこんなことをするのは初めてだから心臓が張り裂けそうなくらい激しく鼓動しているが、おそらく姫乃は抱きしめられることで安心を感じる。

だから心配ないよ、と安心させてあげなければならない。

「ありがとうございます。私はタカくんに助けられてばかりですね」

本当に安心しきったかのように瞼を閉じる姫乃は、自分から身体を預けてきた。

「そんなことはないよ。俺だって姫乃に助けられてる」

失恋したショックがまだ完全に癒えていないものの、姫乃がいなかったらもっと傷ついていただろう。

だから本当に感謝しているし、姫乃が虐められなくなったあともできれば一緒にいたい。

おそらく失恋の傷が癒えるより、姫乃が虐められなくなる方が先だろうし、一緒にいてくれなくなるのは困る。

こうやって彼女の人肌を感じるだけで楽になるのだから。

もし、虐められなくなるのが先でも、義理堅い姫乃は一緒にいて辛くなったら慰めてくれるだろうが。

「じゃあ学校に向かおう」

「はい」

手を繋ぎながら再び学校に向かって歩き出した。


「白雪姫に彼氏があぁぁ」

手を繋いで教室に着いた瞬間、こちらを見た男子生徒たちから悲鳴みたいな声が聞こえた。

学校一の美少女で白雪姫と呼ばれる姫乃が男と手を繋いで登校してきたため、彼女を好きな男子たちが嘆いているようだ。

登校中も手を繋いでいたし、ましてや引き寄せてイチャイチャしたことにより、もう姫乃には特定の男ができた、と思わせることができただろう。

これで姫乃のことを諦める男子が大勢いるだろうし、女子たちから嫉妬による虐めがなくなるはずだ。

ただ、姫乃を見ると明らかに恥ずかしがっており、「あう……」という声を出している。

こちらももちろん恥ずかしいが、我慢して姫乃を連れて席に向かう。

登校しただけで終わり、では意味がないため、休み時間も一緒にいる必要がある。

教室ではこのまま手を繋いでいる必要はないかもしれないが、姫乃が恥ずかしそうにしながらもしっかりと手を握ってくるから離すのを止めた。

隆史は自分の席に鞄を置き、周囲の視線を集めながら姫乃の席に向かう。

ある程度の視線は集まると思っていたが、まさかクラスメイトのほぼ全員が見てくるとは完全に予想外だった。

今まで麻里佳と一緒にいたときもある程度の視線は集まっていたものの、こんなには初めてだ。

多少なりとも慣れているからいいが、それでも気分は良くない。

「その、ごめんなさい」

「気にしなくていいよ」

心配そうにしている姫乃の頭を撫でる。

ん、と甘い声を出した姫乃の顔は明るくなり、本当に撫でられるのが好きなんだな、と再び実感した。

「あぁぁぁ……白雪さんが恋する乙女の表情をしてるぅぅぅ」

今にも血の涙を流しそうな悲しい声だ。

彼女を好きな男子からしたら実質失恋みたいなものだし、悲しくなる気持ちは分かる。

隆史自身、先週失恋したのだから。

でも、姫乃が女子から虐められなくなるのと、隆史の失恋の傷が塞がるまで我慢してほしい。

ただ、何故か姫乃が他の男子と仲良くしているのを想像すると、心の奥底でモヤっとした不快な気分がした。

何故するのかよくわからないが、少なくとも姫乃と一緒にいたいと思っている。

「でも、白雪さんが幸せなら俺はそれで……」

どうやら既に諦め始めた男子もいるようだ。

元々あまり接点のない男子だろうし、憧れがあっただけなのだろう。

本気で好きなのであれば、すぐに諦めるようなことはできない。

「高橋は式部さんが好きなんじゃないのかぁぁぁぁ」

先ほどから教室が阿鼻叫喚で、耳を塞ぎたいほどだ。

実際に隆史が好きなのは麻里佳なため、男子生徒が言ったことは間違いではない。

だから本当に耳を塞ぎたくなってしまう。

煩いのは主に男子で、女子は興味ありそうな視線、「やっと彼氏を作ったのね」と清々していそうな声も聞こえた。

おそらく今言った女子は姫乃の虐めに関わっているだろう。

今すぐにでも「姫乃に謝れ」と言ってやりたいが、隆史はグッと堪えた。

ここで言ってしまうと姫乃が虐められていたことが公になってしまうし、多分彼女は虐められたことを知られたくないだろう。

だから我慢したのだ。

それに女子たちは「虐めた証拠があるの？」と言ってきそうなので、確たる証拠がないと言っても無意味だろう。

でも、女子たちは姫乃に特定の男ができて清々していそうなため、もう大丈夫なのかもしれない。

姫乃に彼氏ができて傷心しているイケメン男子を自分が慰めてゲットしてしまおう、と考えているだろう。

まともに話したこともない女子が彼氏を作ろうとどうでもいいことなので、そのあたりは好きにすればいい。

「教室でもこんなにイチャイチャ……完全にバカップルじゃないか」

ただ、手を繋いでいるだけだが、見ている男子は隆史と姫乃がバカップルだと思っているようだ。

（確かにバカップルかもしれない）

麻里佳と手を繋ぐことが普通だったために恥ずかしさはあるものの、手を繋ぐことが恋人同士がすることだと分かっていなかった。

今までやってきたのがバカップルがすることだと実感した隆史は、これ以上ないくらいに身体が熱くなる。

「私とタカくんがバカップル……」

えへへ、と姫乃は何故か嬉しそうな笑みを浮かべた。

(勘違いしそうになる)

あくまで姫乃は女子から虐められなくなるためにやっているだろうし、バカップルと言われてそこまで嬉しいはずがない。

でも、本当に嬉しそうな笑顔を見せられては勘違いしそうになるし、あまりの可愛さにドキッとして心臓の鼓動がさらに早くなる。

(俺が好きなのは麻里佳のはずなのに……)

二人の女の子が頭の中から離れず、隆史は予鈴がなるまでモヤモヤしていた。


「ごめんなさい。目立ってしまって」

昼休み、教室で一緒にいるとどうしても目立ってしまうため、隆史と姫乃は二人きりになれる屋上に繋がるドアの前にいる。

これからご飯を食べようというのに悲しそうな顔をしている姫乃は本当に申し訳なく思っているのだろう。

だけど目立たないと意味がないことをしているため、目立ったのは成功と言える。

ただ、目立ちすぎてお昼をゆっくりと食べられなさそうだったので、昼休みは二人きりになれる場所まで来た。

「大丈夫だよ。ご飯食べよう」

「はい」

スカートのポケットから桃色のハンカチを取り出した姫乃は、ハンカチをひいてから座る。

いかにも女の子らしい、と思った隆史も姫乃の隣に座り、鞄から一つのお弁当箱を取り出す彼女を見た。

ロシアの血が混ざっているからか髪だけでなくまつ毛も白く、肌も透き通っていて綺麗だ。

異国情緒溢れる容姿ではあるもののきちんと日本人の血があるから少し童顔で、まるで二次元から飛び出してきたんじゃないかと思わせる容姿をしている。

「どうしました？」

お弁当箱の包みを解いた姫乃は、頬を少し赤くして不思議そうな顔で首を傾げた。

「いや、何でもないよ」

あまりにも美しいから見惚れていた、と言えるわけもなく、隆史は恥ずかしくなって頬をかきながらそっぽを向く。

「そうですか。では食べましょう」

「分かっ……何で？」

お弁当箱の蓋を開けた姫乃は何故か隆史の肩に頭を乗せてきた。

まるで彼女が彼氏に甘えてくるかのようで、そんなことをされては隆史の心臓に悪い。

それに今は何故か姫乃のことを意識してしまっているため、緊張や恥ずかしさとは別の意味で心臓が激しく鼓動している。

「その、誰かが来る可能性がありますので……」

この辺りは人通りが少ないとはいえ、確かに誰も来ない保証はない。

教室では一緒にいてイチャイチャしていたのに、二人きりになるとイチャイチャしないのは変に思われるだろうし、くっつきながら食べたいようだ。

「くっつきながらじゃ食べにくくない？」

「私がまたあーんってして食べさせてあげますので、タカくんは私の肩を、抱いてください」

イチャイチャしながら食べるのは恥ずかしいようで、自分で言っておきながら姫乃の頬は赤い。

もちろん隆史も恥ずかしく、まるで運動後のように身体がすごく熱くなっている。

「わ、分かった」

誰も来ない保証はないし、隆史は恥ずかしながらも姫乃の肩に手を置いて自身へと引き寄せた。

華奢な体軀なのに柔らかな感触と女性特有の甘い匂いが脳を直接刺激し、これからご飯だというのに理性がゴリゴリ、と削られていく。

心臓がバクバク、と激しく動いているのは姫乃にも伝わっているだろう。

こちらにも激しい姫乃の心臓の鼓動が伝わってくるのだから。

「その、あーん」

箸で卵焼きを摘んだ姫乃は、隆史の口元へと持ってくる。

お弁当に使う卵焼きだからきちんと火が通っているものの、すごいプルプルとした食感をしていそうだ。

「あむ……」

すごい密着しながらのあーんだから恥ずかしいが、隆史は我慢しつつ卵焼きを食べる。

ふんわりとしてとても美味しく、何個でも食べられそうな味だ。

ただ、塩で味付けされてしょっぱいはずなのに、何故かこの卵焼きは甘く感じた。

イチャイチャしながらあーんとされた影響で、脳が勝手に甘さを感じたのかもしれない。

「その、美味しい」

恥ずかしさでまともに姫乃の顔を見られないながらも、隆史はきちんと感想を伝える。

せっかく作ってきてくれたのだし、感想を言うのが筋だろう。

「ありがとう、ございます」

えへへ、と笑みをこぼした姫乃は、本当に嬉しそうだった。

自分の作った料理を美味しいと言われれば嬉しくもなるだろう。

ただ、声から恥ずかしさを感じた。

ここまで密着してあーんは初めてだろうし、恥ずかしくてもおかしくないだろう。

「次はこれです。あーん」

今朝のご飯にもあったタコさんウインナーだ。

朝と同じで本当に美味しく、むしろ男性向けに味を濃くしているのかもしれない。

味付けなどを男性の好みにしてくれたのだろう。

交際経験などはないと言っていたし、ネットなどで情報を集めて研究をしたのかもしれない。

思春期男子である隆史はガツン、と濃い味付けが好きで、そういったものを好んで食べる。

ただ、味が濃いのは栄養面を考えて麻里佳に調整されたりしたが。

気になる男子の胃袋を摑んでしまおう、みたいなことを感じつつも、実際は違うよね、とも思ってしまった。

あくまで慰め合うだけの共存関係であり、姫乃に恋愛感情はないだろう。

慰めてもらっているからお礼としてご飯を作ってくれるだけのはずだから。

「あーん」

再びあーんとされて食べた隆史は、姫乃とイチャイチャできて嬉しいと思う反面、共存関係でいることに少しだけ胸の奥に痛みが走った。


「本当に俺が行きたいとこに行っていいのかな？」

学校が終わってから、隆史は姫乃と一緒に手を繋ぎながら駅前に来ていた。

目立ってしまったお詫びに隆史の好きなところに一緒に行こうということになったのだ。

学校一の美少女で白雪姫と呼ばれる姫乃が特定の男と一緒にいて目立つのは仕方ないのだが、どうしてもお詫びをしたいらしい。

「はい。普段タカくんが行くとこを、知りたいです」

上目遣いで甘い言葉は反則であり、隆史は心の中で悶えてしまう。

麻里佳が好きなはずなのに、と思っても、今日はずっと姫乃のことを考えていた。

授業中すら頭から離れなかったし、ボーッとしすぎて先生に注意されてしまったほどだ。

おかげでクラスメイトから「浮かれているんだな」と笑われた。

「俺が行くとこは女の子が行くようなとこじゃないんだけど……」

全く来ないわけではないが、ほとんどは男性客……しかもアニメが好きな人が多い。

そんなところに連れて行くのは少々気が進まないものの、行ってみたいと言われたら連れて行くしかないだろう。

「ここだけど大丈夫？」

駅前から少し歩いた裏路地に、月に一度は行くお店がある。

「メイド、喫茶？」

看板にはメイド喫茶と書かれており、それを見た姫乃がキョトン、した何とも言えない顔になった。

アニメとかにあまり興味がない姫乃にとって、メイド喫茶は未知の領域だろう。

「そう。嫌なら変えるけど」

「大丈夫です。タカくんが来る場所ですから」

一瞬だけいかがわしい場所だと思ったのか少し頬が赤くなった姫乃だが、すぐに普段の顔に戻る。

そもそも制服を着ていては変なお店に入れないし、隆史がそういったところに行くわけがないと思ったのだろう。

初めて来る人にとってはメイド喫茶が少しいかがわしいお店と思われても仕方ないかもしれない。

スタンド看板にはメイドさんの写真が貼り出されているし、可愛い女の子が多いのだから。

でも、メイド喫茶の特集でたまにテレビでやっているので、実際はいかがわしいことなんて全くない。

あくまで客がメイドさんとお話したり、メイドさんのステージを楽しんだりする場所だ。

飲食代は普通のファミレスなんかより高いが。

「入りましょう」

「分かったよ」

初めて入るからか少し緊張したような顔になった姫乃と、共にメイド喫茶へ入っていく。

「お帰りなさいませ。ご主人様、お嬢様」

店内にいるメイドさんに愛想良く出迎えてもらった。

いきなりお嬢様と呼ばれて戸惑っている姫乃だが、メイド喫茶というのはこういう所なので慣れてもらう必要があるだろう。

また一緒に来るかどうかはわからないが。

「こんなとこで働き出したのか……」

出迎えてもらったメイドさんはよく知った中学時代の後輩だった。

よく知った、といっても麻里佳経由で知り合っただけなため、そこまで仲が良いわけではない。

「げっ……先輩」

あからさまに嫌な顔になった後輩春日井美希(かすがいみき)は麻里佳に強い憧れを持っているので、よく一緒にいる隆史を見る度に邪険にしてくる。

麻里佳は中学のときに生徒会長をしていたこともあり、麻里佳に憧れている女子は多い。

ただ、隆史が関わると麻里佳の性格が変わってしまうだけだ。

そして中学の生徒会には麻里佳の特権で隆史も入る羽目になった。

肩ほどまである亜麻色の髪、長いまつ毛にキャラメル色の大きな瞳、整った顔にスベスベな乳白色の肌だから美少女なのだが、お店で働いているメイドさんが嫌な顔をしたらダメだろう。

麻里佳に強い憧れを持っているのに違う高校に行ったのは、見た目に反してかなり頭が良いからだ。

中学時代のテストでは常に学年首位で、美希は推薦で私立の高校に入学した。

アルバイトを始めたってことは、既に十六歳になっているのだろう。

どうやら美希が通っている高校はアルバイトをしても問題ないようだ。

「お知り合いですか？」

「そうだな。一つ下の後輩」

コレ、と言わんばかりに指を差すと、美希が「むう……」と不満そうに頬を膨らます。

「女の子に指を差さないでください。てか先輩が麻里佳先輩以外の女の子と一緒にいるの初めて見たんですけど、もしかしてフラれました？」

「フラれたよ」

「あらあら。それはご愁傷様です」

何故か両手を合わせて哀れみの目でこちらを見てくるが、間違いなく「フラれてやんの。今まで麻里佳先輩を独占した罰だ。ざまあみろ」と思っているだろう。

普段はあざと可愛い後輩なのだが、本当に隆史に対してだけは毒舌だ。

よほど麻里佳と一緒にいる男が嫌なのだろう。

「麻里佳先輩にフラれて銀髪美少女にジョブチェンですか？」

「転職みたいに言わないでくれる？」

「そうでした。先輩と一緒にいてくれる女の子は貴重ですし、きちんと対応しないといけないですね」

笑顔で毒を吐く美希は本当に腹黒だ。

麻里佳の前では常に笑顔を絶やさないし、毒舌になることはないのだが。

「あ、私は春日井美希です。あなたは？」

「タカくんのクラスメイトの白雪姫乃です。私は春日井さんのことは嫌いみたいです。タカくんのことを悪く言うので」

初対面の相手にそう宣言した姫乃の顔は明らかに不機嫌で、一緒にいる隆史のことを悪く言われたからだろう。

以前信用していると言ってくれたのだし、その人のことを悪く言われれば機嫌も悪くはなる。

どうやら姫乃は隆史を悪く言う相手が嫌いらしい。

「お、おう……すいません」

あまりの迫力に驚いたのか、美希は一歩下がって謝った。

「てか早く席に案内してくれないか？」

「分かりました。こちらです」

すぐさま笑顔に戻った美希に席まで案内してもらった。

「じゃあ先輩、ゆっくりしていってくださいね」

席まで案内した美希は、笑みを浮かべて離れていった。

去るときにくるり、と一回転してメイド服を見せつけてきたために短いスカートがふわり、と舞って見えそうになっていたが、中には見えても大丈夫な物をはいてるはずなので問題ないだろう。

メイド喫茶はこのお店以外に行ったことがないから詳しくはわからないが、メイド服は露出度が高くて男心をくすぐる。

男受けを狙っているのだし、どうしても露出度が高くなるのだろう。

「タカくんは、メイドさんが好き、なのですか？」

「まあ、好きかも」

四人席なのに向かいじゃなくて隣に座った姫乃に質問されたので、隆史は答える。

男でメイドさんが嫌いな人はなかなかいないだろう。

そもそもメイドさんが嫌いならお店に来ない。

「そうなんですね。でも、あの服は露出多すぎますよ……」

何やら小声で呟いた姫乃は頬を赤くし、ホールに出ているメイドさんを見た。

しっかりと見ているということは、もしかしたら着てみたいと思っているのかもしれない。

メイド服は可愛いのだし、着たいと思っても不思議ではないだろう。

「何か頼もうか」

「あ、はい」

メイドさんに見惚れていた姫乃に声をかけ、隆史はテーブルに置いてあるメニューを手に取る。

「え？　高くないですか？」

ヒヨコ、とメニューを覗き込んできた姫乃は驚いたように目を見開く。

初めて来たときは隆史も値段に驚いたくらいだ。

「まあメイド喫茶だから」

「何か良い食材とか使っているんですか？」

「いや、普通のファミレスと変わらないと思う」

「いや、だってファミレスの倍はしますよ」

これなら私がタカくんのために何か作ってあげた方がいいです、と姫乃は値段に対して不満を漏らした。

確かにメイド喫茶は普通のファミレスの倍くらいの値段はするが、その分メイドさんがサービスしてくれる。

普通のファミレスは店員が料理を運んできて終わりだが、メイド喫茶は話相手になってくれたり、ステージでアイドルのように歌って踊ったり、ミニゲームもあったりするのだ。

その分ドリンクや料理に上乗せしていてもおかしくない。

飲食代にプラスしてチャージ料というのが五百円ほどかかるが。

「タカくんは高い料金を払ってでもメイド喫茶に来たいんですね。なら露出度が高くても……」

何やらブツブツと呟きながら考えているようで、姫乃は再びメイドさんを見た。

よほどメイド服を着てみたいのだろう。

(姫乃のメイド姿を見れるなら買うのもありかもしれない)

家に帰ったらネットで注文しようと考えた。

銀髪メイドはラノベで見たことあるし、絶対に姫乃にも似合うだろう。

ただ、他の人に見られたくないので、今度家に来たときに着せてみたい。

そんなことを思いつつも、隆史はドリンクを注文した。

「ご主人様、お嬢様、お待たせいたしました。アイスミルクティーとクリームソーダでございます」

注文してから数分後、まさかの美希がドリンクを持ってきてテーブルに置いた。

隆史がいるのに愛想が良いのは、仕事中だからなのだろう。

愛想良くできないのであれば、接客業は勤まらない。

「これからお飲み物が美味しくなる魔法の呪文を唱えますね。ご主人様とお嬢様もお願いします」

「春日井がやるのか？」

「何で不満そうな顔してるんですか？　私みたいな美少女にしてもらえるんだから普通は嬉しいですよ」

確かに美少女ではあるが、知り合い、しかも自分に対して毒舌な人にやってほしくない、と隆史は思った。

「あ、アレですか？　もしかして麻里佳先輩に私がここで働いているのを聞いて会いたくなったとかですか？　不満そうなのは会いたいのを隠してるツンデレというやつなんですね」

「はは、寝言は寝て言え」

「薄ら笑い？　私に対して失礼ですよ。失礼な先輩にはこうです」

「いしゃい」

仕事中に客に対して頬をつねるものではない。

麻里佳先輩に聞いた、と言ったということは、美希は麻里佳にはメイド喫茶で働くのを教えたのだろう。

メイド喫茶はこの辺りでは高校生が働くには時給がいいため、美希はメイド喫茶を選んだようだ。

姫乃にされたら間違いなく恥ずかしいだろうが、美希にされても何とも思わないのは彼女に好意がないからだろう。

「タカくんって式部さん以外にも仲の良い女の子がいたんですね」

ツーン、とまるでツンデレのような態度を取った姫乃は、隆史に対してそっぽを向いた。

「姫乃？」

「私と一緒にいるのに、他の女の子を見ないで、ください」

ギュっと隆史の制服の袖を摑んできた姫乃は、どうやら美希に対して嫉妬しているらしい。

どこをどう見たら仲良くしているのか不思議だが、確かに女の子と一緒にいるのに他の女の子と話すのはよろしくないだろう。

今の会話は店員と客の枠を超えている。

「そうだね。ごめん」

「なら許してあげます。でも、その……私を見てるという証拠がほしい、です」

「証拠？　頬にキス？」

先日頬にキスをしたことを思い出し、隆史の身体は熱くなっていく。

今すぐにでも頼んだミルクティーを飲みたいが、魔法の呪文をしていないからまだ飲めない。

「その……おでこにキス、です」

頬を真っ赤にした姫乃は、とんでもないことを言ってきた。

人前だというのにキスを要求してきたのは、本当に嫉妬しているからだろう。

今は共存の関係のため、他の人と仲良くしてほしくないようだ。

「いや、それは……」

二人きりであればともかく、人前でキスなんて恥ずかしくてできるわけがない。

恥ずかしすぎて二人きりだって勇気がいることだ。

「して、ください」

ウルウル、と青い瞳に僅かながら涙が溜まっていた。

「わ、分かった……」

ものすごく恥ずかしいが、共存関係の姫乃にお願いされたら断るわけにはいかない。

隆史は姫乃のサラサラな前髪を手で退かし、瞼を閉じた彼女の顔にゆっくりと自分の顔を近づけていく。

「あ……」

おでこに唇が触れた瞬間、姫乃の口から甘い声が漏れた。

唇を通して姫乃の体温が伝わってくる。

「やぁーん、甘いですね。甘すぎてお飲み物も甘くなって美味しくなっていそうですが、魔法の呪文は一緒に唱えましょうね」

手をハートの形にして萌え萌えキュン、とやることになった姫乃は、熟れた林檎のように顔が真っ赤になっていた。


「あの……お待たせ、しました」

メイド喫茶から帰ってきてすぐさまメイド服を注文した隆史は、数日たって届いたメイド服を恥ずかしい気持ちを我慢して姫乃に着るように頼んだ。

そしたら頬を真っ赤にしながらも了承してくれ、他の部屋で着替えた姫乃が隆史の部屋に入ってきた。

メイド喫茶でメイドさんが着るような服だからか露出度が高く、姫乃は素肌が露出されてい

る胸元と丈の短いスカートを押さえている。

着てみたいと思っていたとしても、実際に着ると恥ずかしいのだろう。

黒を基調にして白いフリルのついたメイド服はとても可愛いが、普段から露出度が高い服を着なそうな姫乃は、髪の隙間から見える耳まで真っ赤にさせている。

スカートの裾をしっかりと押さえているのは、メイド喫茶のメイドさんと違って中に見えてもいいようなものをはいていないからだろう。

制服のスカートよりも丈が短いし、ここまで短いスカートをはいたのは初めてなのかもしれない。

「どう、ですか?」

青い瞳がこちらを向く。

「その……めちゃめちゃ、似合っている」

メイド喫茶にいるメイドさんよりレベルが高い姫乃を、隆史は恥ずかしくて直視することができない。

自分から着てほしいと言ったが、銀髪美少女が着ると何故か妖艶だ。

妖艶に感じる理由は、普段隠れている太ももが見えているからなのかもしれない。

白のニーハイソックスをはいているから全部見えている訳ではないが、スカートとソックスの間にできる絶対領域が妙にエロさを醸し出している。

「ありがとう、ございます」

恥ずかしそうな声が聞こえた。

「こういった服は、タカくんと二人きりのときじゃないと、着ないです」

今度は甘い声が聞こえ、隆史の心臓の鼓動はさらに早くなる。

不整脈じゃないかと疑いたくなるレベルで。

「メイド服を着たので、今日はタカくんにご、ご奉仕をして、さしあげます」

胸に矢が刺さったかのような衝撃を受けた。

ご奉仕というのはメイド喫茶でメイドさんがしてくれたようなことをしてくれるのだろう。

メイド喫茶のメイドさんは仕事だからやっているが、姫乃は仕事ではない。

おそらくは家で真っ赤になりながらメイド喫茶についてネットで調べたのだろう。

「いや、ご、ご奉仕って……」

萌え萌えキュン、ですらものすごく恥ずかしそうにしていたし、メイド服をきた姫乃がご奉仕できるか疑問だ。

「その……タカくんには特別ご奉仕で、膝枕をしてあげ、ます」

恥ずかしくて直視できない隆史に近づいてきた姫乃からの甘い囁き。

実際に姫乃はメイドさんではないため、他の人にはどんなご奉仕もしないだろう。

自分だけにご奉仕してくれる、と思ったら嬉しくなるが、他の気持ちが出てきてしまった。

——ここ最近一緒にいる時間が多すぎて姫乃を気になっているんじゃないか？

もう失恋してから一週間以上たっているものの、流石にもう好きな人ができるのは早すぎだろう。

おそらくまだ麻里佳を好きな気持ちはあるが、今は姫乃に傾いてしまっている。

麻里佳が相変わらずベタベタしてくるので、辛い気持ちになったときにいまだに姫乃の胸で慰めてもらう。

でも、いまだに慰めてもらっている隆史と違い、姫乃に対する虐めはなくなった。

虐められなくなった途端に一緒にいなくなったら意味がないため、しばらくは一緒にいてくれるだろう。

ただ、あくまで共存関係なので、虐めが完全になくなれば姫乃が隆史と一緒にいる理由がなくなる。

そうなれば今の関係が終わりになってしまうので、もし、好きになってもフラれて終わるだけだ。

学校一の美少女で白雪姫と呼ばれるほどに人気がある姫乃が、どこにでもいるような普通の隆史を好きになるわけがないのだから。

慰め合ってイチャイチャしているとはいえ、やはり好きになってくれるとは思えなかった。

「どうしました？　悲しそうな顔をしていますけど？」

心配そうにこちらを見つめる青い瞳が目に入る。

無意識の内に悲しい顔をしてしまったようだ。

「大丈夫」

せっかくメイド服を着てくれた姫乃を不安にさせてはいけないため、隆史はパシーン、と自分の手で頬を強く叩く。

ジンジンして痛みはあるものの、これで余計なことを考えなくて済む。

「な、何してるんですか？」

心配そうにしている姫乃の手が隆史の頬に優しく触れた。

それだけで心臓が高鳴るのを感じ、さらに鼓動が早くなるし身体も熱い。

「大丈夫だから」

「何で叩いたのは分かりませんが、タカくんがそう言うのであれば」

そっと頬から手を離した姫乃はベッドに腰掛け、自分の太ももをポンポン、と軽く叩く。

「ど、どうぞ」

「う、うん……」

頷いた隆史は恥ずかしくなりながらも、同じく頬が赤い姫乃の太ももに頭を乗せる。

以前にしてもらったときはタイツで生足が覆われていたが、今回はニーハイソックスといえど太ももが直接触れている状態だ。

恥ずかしくないわけがない。

「タカくんは、太もも好き、ですか？」

「好き、だね」

恥ずかしそうな声が聞こえたため、隆史は姫乃を見られないながら正直に答える。

たまに麻里佳の太ももも見てしまうし、好きだと言っても過言ではないだろう。

脚フェチとは違うと思うが。

「なら、その……太ももに、キスしても、いいですよ？」

「……え？」

予想外の言葉に聞き返してしまう。

若干小声だったとしても聞き間違いではなく、間違いなく姫乃は太ももにキスしてもいいと言った。

「タカくんは先ほど悲しそうな顔をしていました。私の太ももに、キスをして少しでも慰められるのであれば……」

温かな手で頭を撫でられる。

悲しい顔をしていたのは姫乃のことを考えていたからだが、今はそのことを言わない方がいいだろう。

言うだけでも恥ずかしいし、もし言えたとしても、「失恋して一週間くらいしかたってないのにもう好きな人ができたんですか？」と軽蔑される可能性がある。

　姫乃のことを気になっているため、嫌われることだけは何としても避けなければならないことだ。

「本当にいいの？」

「はい。でも、恥ずかしいので、あまり頻繁は困りますけど」

　声からは嫌そうには感じない。

「わ、分かった」

　頷いた隆史は身体ごと回転させると、白くて綺麗な太ももが目に入る。

　近くで見ても少しのシミすら見えないのは、きちんと手入れしているからだろう。

「じゃあ、いくよ」

「はい。お手柔らかにお願い、します」

　ゆっくりと太ももに顔を近づけていき、隆史は姫乃の太ももにキスをした。

「あ……」

　脳に響くような甘い声と柔らかな感触、そして甘い匂いは、本当に理性がゴリゴリ削られていく。

「その、キスマークを付けても、構いませんよ」

　軽く触れただけで理性がヤバいのに、キスマークが付くほど強く吸い付いたら恥ずかしくて気絶してしまいそうだ。

でも、声からして本当に付けられても問題ないみたいだし、今の隆史は少しながらも姫乃を独占したい気持ちがある。

「ひゃ……」

だから姫乃の口から甘い声が漏れるくらいに強く吸い付いてしまった。

なるべく長い時間キスマークが残るように強く吸い付く。

これは一種の独占欲であり、絶対に姫乃を他の人に渡したくないという気持ち。

「キスマークが付いた」

唇を太ももから離すと、しっかりと赤くなっている。

白い肌だから赤くなっていると目立つ。

このまま一緒にいたら、近いうちに姫乃を好きになってしまう、と考えながら再び膝枕を堪能した。

7章　／　完全なるバカップル認定と恋

「よっ、バカップル」

姫乃と手を繋ぎながら教室に入ると、クラスメイトからそんな声が飛んでくる。

毎日手を繋いで登校していれば、バカップルと思われても仕方ないだろう。

おかげで校内随一のバカップルと認定されてしまい、言われて恥ずかしい気持ちになる。

ただなるべく一緒にいるようにしているだけだが。

今、バカップルと言ってきた男子は彼女がいるようなので、そもそも姫乃にあまり興味がないようだ。

大切な人が既にいるのであれば、いくら目の前に美少女がいても見るだけで、好きになることはないだろう。

ただ、一部の……彼女がいない男子からはいまだに嫉妬の視線を向けられる。

これぱっかりはどうしようもないかもしれない。

彼女がいない男子は、女子と仲良くしている男を見ると羨ましく思うのだから。

「あう……」

クラスメイトにバカップルと言われたからか、姫乃は恥ずかしそうに頬を赤く染めた。

「あ……」

照れている姫乃はとても可愛くいつまでも見ていたい衝動にかられるが、他の人に見られたくないから彼女の顔を自分の胸に埋めさせる。

完全に独占欲が出てしまい、恥ずかしさを我慢してまでこうしてしまう。

もう虐められなくなったようなのでここまでする必要はないかもしれないが、本当に独占したくて仕方ない。

ただ、虐められなくなった姫乃からしたら、人前でくっつくのはどう思っているのか疑問だ。

今のところ全く抵抗してこないが、内心はもう終わりにしたいと思っている可能性はゼロではない。

虐められなくなってすぐにイチャイチャを止めたら、周りから怪しまれるだろうからしてくれているだけなのだろう。

あくまで共存関係だから好きになってはいけないのは分かっているが、最近は麻里佳より姫乃のことをいつも考えている。

一緒にいるときはもちろんのこと、家で一人でいるときも姫乃のことで頭がいっぱいだ。

この気持ちは間違いなく恋だろう。

でも、今告白したところでフラれるのがオチなため、勇気を全く出せないでいる。

そもそも麻里佳を好きになってから告白するまでにも数年の期間を要したのだし、すぐに気持ちを伝えられるわけがない
「甘い……ブラックコーヒーが必要だ」

何人かのクラスメイトが頷いて教室から出て行く。

あと五分くらいで予鈴が鳴って朝のホームルームが始まるのだが、どうしてもコーヒーが飲みたくなったようだ。

「タカ、くん……」

「あ、ごめん」

少し苦しそうな声を出した姫乃の声に反応し、謝った隆史は抱きつく力を緩める。

独占したいという感情が先行し、強く抱きしめすぎてしまったようだ。

あまり強く抱きしめられるのは流石に嫌だろう。

「いえ、タカくんになら、いいです」

特別感を持たせる言葉は好きだと勘違いしそうになるから止めてほしい。

信用しているようだから少しくらいは特別感はあるかもしれないが、そんなことを言われるとさらに好きになってしまうだけだ。

本当だったらこれ以上好きになる前に止めた方がいいのだろうが、今のを止めてしまうと再

び姫乃が虐められる可能性がある。

だから好きな気持ちを押し殺してイチャイチャするしかないだろう。

少なくとも一学期が終わるまでは。

「タカくんに抱きしめられると落ち着きます」

抱きしめ返してきた姫乃は、虐められる可能性を少しでも減らしたいらしい。

そうでなければ恥ずかしがり屋の彼女が、こうもイチャイチャしてくるわけがないのだから。

これ以上好きになってはいけないと分かってはいるものの、姫乃に求められたら応えなければならない。

これはそういった関係なのだから。

なので隆史もこれからは麻里佳にフラれたショックを引きずっているように装って慰めてもらう。

今は無理でもいずれ好きになってくれる可能性はあるのだから。


「あ……タカくん」

学校が終わったあとに姫乃の家に来た隆史は、彼女が制服から部屋着に着替える前に抱きしめた。

恥ずかしさはあるものの、抱きしめたい気持ちを抑えられなかったのだ。

華奢ながらも本当に柔らかく、抱きしめる度に虜になっていく。

これ以上好きになってはいけないものの、どんどん姫乃にハマっていっている。

失恋してから短期間で他の人を好きになる……普通だったら軽蔑の対象になるかもしれない。

だから一緒にいるためには告白するわけにはいかなかった。

「今日のタカくんは何か変です。大丈夫ですか？」

心配そうな青い瞳がこちらを見つめる。

「大丈夫だよ。こうして姫乃を抱きしめていれば」

どんどん好きになっていくが、やはり抱きしめるのは嬉しかった。

好きな人との触れ合いが嬉しいのは麻里佳を好きなときから分かっている。

「まだ式部さんのことでお辛いんですね。なら私が慰めてあげますよ」

胸を貸してあげたいのか、姫乃は隆史の頭を押さえようとしてくる。

今すぐにでも彼女の胸で癒やされたいが、今は複雑な気持ちだ。

もう麻里佳にくっつかれようとも辛くなることがないはずなのだから。

「それともタカくんは足が好きみたいなので、膝枕の方がいい、ですか？」

「両方で」

思わず答えてしまった。

胸に顔を埋めるのも膝枕もすごく良いため、もちろん堪能したい。

「分かりました。じゃあ、まずは胸からで」

えい、と手で顔を胸に埋めさせられた。


「ありがとう」

結局三十分ほど姫乃の胸を堪能してしまった。

だって男ならあの胸の感触に抗うことなど不可能だからだ。

(俺は単純だな)

結局胸で慰めてもらったし、さらに好きな気持ちが強くなった。

姫乃に惚れられるわけがないのにな、と思いながらも、断ることができなかったのだ。

「次は膝枕、ですね」

「お願い」

胸ほど柔らかいわけではないにしろ、膝枕でも充分に癒やされる。

ただ、以前も膝枕をしてくれていたというのに頬が赤い。

「その……以前付けてくれたキスマークが消えてしまったので、今日は生足でして、あげますね」

「え？」

タイツ越し、ハイソックス越しの膝枕なら経験があるが、生足での膝枕は経験がなかった。

だから生足という言葉に反応し、身体が熱くなる。

茹でダコのように顔を真っ赤にしている姫乃も同じく恥ずかしいのだろう。

「それとも、首筋の方が、いいですか？」

「太ももで」

反射的に答えてしまった。

首筋にも付けたいが、綺麗な肌にキスマークをつけやがって、と男子から怒りを買う可能性がある。

普段はスカートやタイツなどで太ももが隠れているため、キスマークを付けるなら太ももの方がいい。

今も一部の男子から嫉妬されているのだが。

「分かりました。あの……良ければ、タカくんが脱がして、みますか？」

「はいいぃぃぃぃぃ？」

予想外すぎる言葉に、隆史は目を見開いて驚いた。

確かに以前に下着姿や生足を見たことがあるものの、女の子の服を脱がすなんて経験は一切ない。

しかもタイツを脱がすなんてそれこそ恋人同士になって肌を重ねるときくらいだろうし、恥ずかしすぎる隆史にできるとは思わなかった。

「も、もちろんスカートの下までは自分で脱ぎます。でも、そこからはタカくんが、お願いします」

本当にしてもいいようで、姫乃は上目遣いで見つめてくる。

いくら途中まで自分で脱ぐといえど、下手したらスカートの中が見える可能性があるのだ。

以前バッチリと下着姿を脳内に記憶したが、それでも見えたら隆史自身も恥ずかしい。

「じゃあ、脱ぎますね」

自分のスカートの中に手を入れた姫乃は前屈みになり、「あう……」と恥ずかしそうな声を出してゆっくりとタイツを脱ぎ出す。

恥ずかしいし見ちゃいけないと思いながらも、どうしても見てしまう。

男の本能がしっかりと見ろ、と訴えかけているみたいだった。

もちろん下着はスカートで隠れて見えない。

「お願い、します」

ピタっと途中で止めた姫乃の瞳がこちらを見つめた。

「わ、分かった……」

女の子のタイツを脱がすなんて全くしたことのない隆史は、口の中が乾いているのに息を飲んで姫乃に近づく。

　失礼いたします、と何故か敬語になってしまいながらも、しゃがんでから黒いタイツに手をかける。

「ひゃあ……」

　可愛らしい声を出した姫乃の太ももにどうしても触れてしまうため、彼女の体温が伝わってきて熱い。

「姫乃は、恥ずかしくないの？」

「恥ずかしい……恥ずかしいですけど、タカくんなので」

　特別感を持たせるような台詞に気持ちは高まってしまうも、心臓を落ち着かせるために必死だ。女の子の服、しかもタイツを脱がせるわけなのだし、恥ずかしくないわけがない。

「じゃあ、脱がすね」

「はい。お手柔らかに、お願いします」

　乱暴に脱がすなんてできるはずがない、と思いながら、ゆっくりとタイツを脱がしていく。

　恥ずかしすぎて身体が熱くなっているのか、太ももから汗が伝っている。

　それが妙に妖艶で、見るだけでドキドキ、と心臓が激しく動く。

　太ももから膝、脛を越えてタイツは足首まで脱げた。

「足を上げてくれないとこれ以上は無理」

「分かり、ました」

ゆっくりと右足を上げた姫乃を見たら、確実にスカートの中が見えるだろう。

だから上を見ないように足元に視線を集中させ、上げてくれた右足からタイツを脱がしていく。

「ありがとう、ございます」

「う、うん」

恥ずかしすぎて姫乃のことを見られないが、おそらく彼女も同じだろう。

「では、どうぞ」

ソファーに座った姫乃に手招きされた。

これから白くて綺麗な太ももにキスマークが付けられる。

ゴクリ、と口の中が乾いているのに息を飲んだ隆史は、一度姫乃の隣に座ってからゆっくり
と太ももへ頭を乗せた。

タイツ越しやハイソックス越しより甘い匂いや柔らかい感触が伝わってくる。

「じゃあ、キスマーク付けるね」

「はい」

ずっと消えないでほしい、という想いを込めながら、姫乃の太ももにキスマークを付けた。

「夜はちょっと冷えるね」

「そうですね」

タイツを脱がすという恥ずかしい体験をした日の夜、隆史は姫乃と一緒に散歩をしていた。

春で気温が上がってきたとはいえ夜になると寒く、身体が冷えないように手をしっかりと繋ぎながらだ。姫乃の方は白いワンピースの上からピンクの上着を羽織っているが、隆史は制服だから彼女の体温を感じないと寒い。

いや、姫乃の温もりを感じていたいという言い訳だ。

指を絡めるようにして手を繋ぎ、永遠にこの温もりを感じていたい。

好きな人の側にいたいと思うのは当たり前のことなのだから。

「夜は静かでいいですね」

「そうだな」

駅前は夜でも賑わっているが、少し離れると人は少なくなる。

仕事終わりらしき人とすれ違うからゼロではないにしろ、静かに散歩できるのはいいことだ。

すれ違う人ほぼ全てが姫乃の美しさに目を奪われているが。

「綺麗、だ……」

「……え？」

月明かりが彼女を照らして幻想的に見え、思わず口にしてしまった。月明かりに銀髪が照らされると本当に幻想的で、まるで美術館で作品を見ているかのような錯覚に陥る。

「えっと……今のはナシで」

綺麗だと思ったのは本当だか、無意識の内に口にしてしまったので、隆史は恥ずかしくて身体が熱くなった。

手を繋ぎながらも両手を使ってブンブン、と左右に振り、なかったことにする。

一度言ったことをなかったことにするなんてできるわけではないが。

「ナシにしてほしくない、です。タカくんの言葉だから……」

綺麗と言われて恥ずかしくなったであろう姫乃は、左右に振っている隆史の手を両手を使って優しく握ってくる。

「今や毎日一緒にいるタカくんの言葉を、なかったことにしたくありません」

月明かりが反射して宝石のように綺麗な青い瞳がしっかりとこちらを見つめ、本当になかったことにしたくないようだ。

確かに綺麗だと言われたのになかったことにされたくないだろう。

女性はいくつになっても綺麗でありたいのだから。

「ごめん。その、本当に綺麗だよ」

「ありがとう、ございます」

自分で言っておいて恥ずかしくなった隆史と、言われて恥ずかしくなったであろう姫乃は、同時に視線を逸らす。

すれ違ったOLらしき人がこちらを見て「初々しいカップルね」とクスクス、と笑ってきたためか、姫乃の頬はさらに真っ赤に染まる。

実際には付き合っているわけではないが、やっていることは恋人同士のそれと変わらないから思い出して恥ずかしくなったのだろう。

そう思うと隆史も恥ずかしくなり、身体が熱くなっていく。

春の夜で寒いはずなのに、サウナにいると錯覚するほどに熱い。

それは姫乃も同じらしく、手から彼女の熱さが伝わってくる。

今すぐにでも冷房の涼しさがほしいが、この熱さだけはずっと感じていたい。

好きな人の温もりなのだから。

「その……散歩続けましょう」

「う、うん」

身体の熱さを感じながらゆっくりと歩き出す。

今は身体が熱くても、しばらくすればお互いに落ち着いてくるだろう。

「タカくん、夜も一緒にいてくれてありがとうございます。虐めはなくなりましたけど、夜は思い出して悲しくなることがあるので」

「大丈夫だよ」

好きな人と一緒にいたくなるのは当たり前なのだから。

それに好きな人が悲しい想いになるのであれば駆けつけて慰めてあげたいのだ。

ずっと一緒にいるのは不可能だとしても、せめて一緒にいるときは楽しいと思ってくれるとすごく嬉しい。

「姫乃は俺がいつでも慰める」

「あ……」

なるべく寂しい想いをさせたくないため、隆史は姫乃を引き寄せてから抱きしめた。

外で抱きしめるのは恥ずかしいが、寂しい想いを少しでもなくせるなら躊躇はしない。

「ありがとう、ございます」

散歩だというのにしばらく抱き合っていた。

「いらっしゃい。タカくん」

土曜日で学校が休みの日、隆史は朝ご飯を食べたあとに姫乃の家に訪れた。

朝ご飯も作りたがっていた姫乃だが、基本的には昼もしくは夜に作ることに落ち着いたから休日はご飯を食べ終わったあとに彼女の家に行く。

そこで今日はどこに行くか決める。

お互いにバイトをしていない学生なので毎週どこか出かけるなんてことはできないため、家でまったり過ごすこともあるが。

笑顔で出迎えてくれた姫乃は可愛いな、と思いつつ、靴を脱いでリビングの方へ向かう。

「タカくん」

おそらく一人のときはまだ虐められたことを思い出してしまうであろう姫乃に抱きしめられた。夜はメッセージアプリで連絡を取ったりするが、悲しい気持ちがあるのだろう。

「今日は行きたい場所ある？」

「ずっとこうしてたいです。悲しい夢を見たので……」

ギュっと強く抱きしめてきて離れようとしない。

一人で孤独になるか虐められる夢でも見たのだろう。

「ずっとタカくんを、感じていたいです」

くっつかれたりするのには多少慣れてきたものの、好きな人から言われるとやはりまだ心臓に悪い。

身体が熱くなるし、心臓だって激しく動く。

でも、好きな人との触れ合いは好きで、心臓に悪かろうとくっついていたい。

誰だって好きな人との触れ合いは嬉しいはずなのだから。

「もちろんいいよ」

離れることのない姫乃と共にソファーに座り、そのまま彼女の頭を撫でる。

ん……と可愛らしい声を出した姫乃は、目を細めて撫でられるのを楽しんでいるようだ。

女の子は寂しいときとかに頭を撫でられると嬉しいよ、と昨日麻里佳が言っていた。

どうやら本当のようで、もっと撫でてほしそうな瞳でこちらを見つめている。

好きな人の願いは叶えてあげたくなる衝動にかられてしまったため、嬉しそうな表情の姫乃の頭をまた撫でた。

一緒にいるだけでこんなにも愛おしく想い、どんどん好きになっていくのが分かる。

日に日に好きになっていくなんてことは、麻里佳を好きになったときにはなかった。

好きな気持ちはあったものの、やはり姉として見ていたところもあるからだろう。

完全に姉の代わりになってくれていたのだから。

「タカくん、キスマークを付けてほしいです」

頬を赤らめた姫乃からのお願いだ。

でも、姫乃は丈の長いワンピースを着ているため、太ももに付けるには捲り上げなければならない。触れ合いには少しずつ慣れてきているとはいえ、ワンピースの裾を捲り上げるのは難易度が高すぎる。

「キスマークは首筋に付けて、ほしいです。そして私もタカくんにキスマークを付けたい、です」

別の意味で難易度が高すぎるお願いをされた。

首筋に付けたら他の人に見える可能性があり、それを見た男子に嫉妬されるだろう。

バカップル認定されているとはいえ、嫉妬する男子はいる。

「女子たちからの虐めはなくなりましたけど、今後も起こらないという保証はないです。でも、キスマークがあればきちんとバカップルなんだなって思ってくれます」

「確かにそうだけど……」

本音を言うと首筋にキスマークを付けたいという気持ちはある。

好きな人を独占したい、そういう想いが隆史の頭を支配しているのだから。

「それに式部さんに見せつけられますし……」

「ん？」

「いえ、何でもありません」

あまりにも小声すぎて聞き取れなかったが、そこまで大事なことではないのだろう。

「キスマーク、付け合いましょう？」

「わ、分かったよ」

ものすごく恥ずかしい気持ちになるも、キスマークを付けたいという衝動を抑えることができなかった。

抱き合ったままおでこをコツン、とくっつけてから見つめ合う。

青い瞳には反射して自分の顔が映っており、全体が赤くなっているのが分かる。

そのせいでさらに恥ずかしくなるが、一度了承したことを止めるわけにはいかない。

「じゃあ、しようか」

「はい」

お互いにお互いの首筋に唇を当てる。

太ももも相当柔らかかったが、首筋も柔らかい。

それに姫乃の唇も柔らかいし熱く、このままずっとこうしていたい気持ちになる。

「んん……ちゅー」

柔らかい唇が首筋を吸っていて、負けないように隆史も姫乃の首筋を吸う。

お互いの首筋に吸い付くなんてシュールな光景かもしれないが、独占し合っているようで嬉しい気分だ。

ちゅー、という音が部屋に響き渡るせいで、もっとキスマークを付けたくなる。

もう離れてもしっかりとキスマークが付いているだろうが、お互いに離れることはない。

「えへへ、しっかりと付きましたよ」

もちろんずっと離れないわけにもいかず、少しするとキスマークの付け合いが終わった。

8章／白雪姫と誕生日デート

『猫カフェに行きたいです』

四月も終わりに近づいた日曜日の午前十時過ぎ、姫乃の提案で猫カフェに行くことになった。

動物は嫌いではないし、好きな人が好きなところを楽しんでくれるなら喜んで行く。

どうやら姫乃は猫が好きらしく、以前から行ってみたかったようだ。

「今日はいつもと雰囲気違うよね」

「猫カフェに行きますから」

普段の私服はワンピースが多いが、今日は白いブラウスに七分丈のパンツ、くるぶしソックスにパンプスといつもと違う。

これから猫と戯れるためか長い髪をポニーテール調にしており、普段見えないうなじが少し妖艶だ。

「着いたね」

「はい」

手を繋ぎながら歩いていると、家を出る前にスマホで調べた店舗が目に入る。

五階建てのビルの一階に猫カフェがあり、デカデカとした看板が目立つ。

初めて行く猫カフェに少し緊張しつつも、姫乃と共にお店に入った。

「いらっしゃいませ」

中に入ると女性店員が笑顔で出迎えてくれた。

既に数人の客がいるようで、奥で猫と戯れている。

可愛い猫が多く、これから戯れることができると思うとワクワクが止まらない。

それは姫乃も同じらしく、青い瞳を輝かせていた。

「当店はワンオーダー制となっており、三十分単位で料金がかかります」

「烏龍茶で」

「私はオレンジジュースでお願いします」

飲み物を注文したあと、手洗いとアルコール消毒を済ませて店員に猫がいる場所に案内された。

早速猫が姫乃の方に近寄ってきて足にスリスリ、と頬ずりする。

猫カフェにいる猫は人に慣れているだろうし、こうやって媚びてエサをもらおうとしているのかもしれない。

このお店はおやつを購入して猫にあげることができるようだ。

「か、可愛いです」

今までにないほどに目を輝かしている姫乃は猫に心を掴まれたらしく、早速店員を呼んでおやつを頼んでいた。

これこそ猫の思うツボなのだろうが、本人が楽しんでいるならいいのだろう。

「おやつですよ」

店員からおやつを受け取った姫乃は、手のひらにおやつを乗せて猫の口元に持っていく。

にゃあ、と可愛らしく鳴いた猫は早速おやつを食べ始める。

「わっ……猫がたくさん。すごいです」

おやつをもらいに姫乃の周りには猫がたくさん集まってきた。

きちんとエサをもらえているのだろうが、やはりおやつはほしいのだろう。

「俺も頼もう」

おやつを食べている猫が可愛く、隆史も頼むことにした。

一番安いおやつだが、これでも問題ないだろう。

「俺には来ない……」

おやつを持っているのにもかかわらず、隆史の元に猫はやってこない。

そういえば野良猫も寄ってこないな、と思った隆史は、動物に好かれない体質だったことを思い出す。

野良猫だから人を怖がってやってこないだけかと考えていたが、どうやら人に慣れている猫でも無理なようだ。

自分の匂いを嗅いでも変な匂いはしないが、もしかしたら猫にとってあまりよろしくない匂いがしているのかもしれない。

いや、手を繋いで来たのだし、猫がたくさん集まっている姫乃にも隆史の匂いはついているから関係ないだろう。

「店員さん、どうやったら猫寄ってきますか？」

「あまり猫の目を見ないのがコツですよ」

涙目で助けを求めると、店員が苦笑いで答えてくれた。

あの反応を見る限りでは、おやつを持っていて猫が寄ってこないのは珍しい。

食欲は猫にもある欲求なのだし、普通は寄ってくるのだろう。

猫やライオンなどの肉食動物はあまりお腹が空いてなくても目の前にエサがあれば食べようとするらしい。

野生ではいつご飯にありつけるかわからないから、本能がそうさせるようだ。

以前に動画で見たのだが、動物園の職員がハイエナに骨を見せるとすごい食いつきだった。

エサをほとんど与えていないからではなく、本能がそうさせると説明していた。

猫も一応は肉食動物なのだし、目の前にエサがあったら普通は来るはずだ。

完全に人に飼いならされた猫はその限りではないかもしれないが。

「来ないよぉ……」

店員のアドバイス通りに目を見ないようにしても、猫が隆史の元に寄ってくることはない。

しかもおやつを与え終えた姫乃の元に集まっていく始末だ。

「姫乃、あげる」

おやつを持っていても意味がないと察したため、隆史は姫乃におやつをあげて店員が持ってきた烏龍茶を指でのの字を書きながら飲む。

「どうせ俺は猫に好かれませんよ……」

おやつを姫乃にあげに行った途端、彼女の周りにいた猫たちがさあー、と散っていったのだし、そう呟かずにはいられない。

「あ、あははは……」

むくれてしまった隆史を見て、姫乃は苦笑いしかできないようだった。

「せめて、モフモフしたかった……ツーン……」

再び姫乃の元に寄ってきた猫たちはおやつを美味しそうに食べていた。

「お待たせ、にゃあ……」

猫カフェで一切猫と戯れられなかった隆史は、姫乃に家に連れて行かれた。

そしてリビングのソファーで待つこと十分、猫耳メイド姿の姫乃が頬を真っ赤に染めて現れた。

「何で、そんなのを？」

以前メイド服は着てもらったことはあるが、まさか姫乃も買っていたとは驚きだ。

前に着てもらったメイド服とそこまで形状や露出度は変わらないものの、一つだけ違うところがある。

「その……タカくんがメイドさんをたくさん見ていたので買ったのですが、カチューシャが猫耳、でして」

一つ……一つの大きな違いはカチューシャが猫耳になっているということ。

おそらくは間違えて注文してしまったのだろう。

もしかしたら自分が着るかもしれない、と思って恥ずかしさであまり画像などを見られなかったようだ。

「何で猫耳？」

以前着てもらったから全く見られないわけではないが、銀髪猫耳メイドが破壊力抜群で直視はできない。

「タカくんが猫と戯れられなかったので、私が代わりに猫になって戯れて差し上げようかと」

トゥンク、と叫びたいほどに心を撃ち抜かれた。

恥ずかしい想いをしてでも猫耳メイド服を着てくれたのだし、本当に可愛すぎる。

ただ可愛いだけではなく、猫と戯れることができなかった隆史のために着てくれたのが可愛すぎるのだ。

「タカくんの、好きなだけモフモフしてください、にゃあ……」

「わ、分かった」

猫耳メイドの姫乃をモフモフするのは恥ずかしいが、してもいいと言われたらするしかない。

それにここで断ったら男が廃るし、恥ずかしい想いをしてまで着てくれた姫乃に対して失礼だ。

なので猫耳メイドの姫乃にモフモフすることに決めた。

「お、おいで？」

「にゃ、にゃん」

恥ずかしいけど手招きをしてみると、四つん這いになった姫乃がこちらに近寄ってきた。

恥ずかしそうな声にこれ以上ないくらいに頬が真っ赤なために恥ずかしいのだろうが、猫と戯れることができなかった隆史のために頑張りたい、と思っているのだろう。

顔の前に猫の手を作ってる姫乃が可愛らしい。

他の人の前では絶対にしないだろう、と思うと同時に、この関係はいつまで続くのだろう？

と考えてしまった。

姫乃は虐められなくなったし、隆史も失恋の傷はだいぶ癒えたのだから、いつ終わりを迎えてもおかしくはないだろう。

「タカくん、どうしましたにゃあ?」

自分では気付かない内に悲しい顔をしてしまったようで、姫乃が心配そうな瞳で見つめてくる。

「何でもないよ」

お互いに傷の舐め合いをする関係なのだからその内終わりを迎えるかもしれないが、今は一緒にいられる時間を楽しむことにした。

今は何よりもこの時間が幸せなのだから。

「悲しくなったらいつでも言ってくださいにゃ。私がいつでも慰めて差し上げますにゃあ」

「ありがとう」

右手を顔の前に差し出してみると、猫耳メイドの姫乃が「にゃあ」と頬ずりしてきた。

恥ずかしさはあるものの、楽しんでいるようだ。

メイド服自体はすごい可愛いし、せっかく注文したから着てみたかったのかもしれない。

(可愛すぎる)

銀髪猫耳メイドで猫のように甘えてくる姫乃は破壊力抜群で本当に心臓に悪いが、それでも

ずっとしていてほしい気持ちになる。

――ずっと姫乃と一緒にいたい。

一時的な関係であれど自分のためにこうやって頑張ってくれる姫乃が本当に好きで、一生離れたくない。

そう思ってしまうくらいには好きになってしまっている。

昔悲しみから解き放ってくれた麻里佳からすぐに他の女の子を好きになってしまったが、大抵の男でも姫乃と一緒にいれば彼女を好きになってしまう。

それくらい姫乃には魅力があるのだ。

「タカくん、たくさんモフモフしてくださいにゃあ」

「モフモフってどこを?」

猫みたいに毛があるわけではないし、どこを触ればいいかわからない。

「タカくんの好きなとこで大丈夫、ですにゃあ」

「どこでもって……」

ついいつも以上に露出されている胸元を見てしまう。

四つん這いだからいつも以上に目立ち、男の本能のせいで目が逸らせない。

視線に気付いたからか耳まで真っ赤にしている姫乃だが、見られても嫌そうな顔はしていないようだ。

今まで一緒にいて襲われていないため、そういったことにならないと信頼しているのだろう。

信頼してくれるのは非常に嬉しいが、やはり心臓には悪い。

「今日は私を猫だと思ってたくさんモフモフしてください、にゃあ」

好きな人を猫だと思ってモフモフするのは相当難易度が高いだろう。

女の子の扱いに慣れているのであればともかく、慣れていない隆史にはモフモフするのは難しすぎる。

「じゃあ……」

難易度は高いが、してほしそうだったのですることにした。

好きな人がしても良いって言ってくれているのだし、恥ずかしさを我慢してでもやる。

「ん……」

まずは以前したことがある頭撫でをすると、目を細めて嬉しそうな顔になった。

「もっと大胆にモフモフしてもいいですにゃあ」

「大胆に……」

今の姫乃の頭を撫でるだけでも難易度が高いのに、さらに大胆なモフモフなんてできるわけがない。

「私が一番信用しているタカくんだから……たくさん触れてほしいって思うんです」

右手を優しく包み込むように両手で握ってきた姫乃は、本当に触れてもいいかのようだった。

「じゃあその……胸に顔を、埋めさせていい？」

この関係になるきっかけになったと言ってもいい胸で慰めてもらう……恥ずかしさはあるが、これならできそうだ。

「いい、ですよ。来てください」

胸元がぱっくりと開いたメイド服で胸に顔を埋められるのは相当恥ずかしいようだが、姫乃は笑顔で了承してくれた。

「じゃあするね」

「はい」

深呼吸してから隆史は姫乃の胸に顔を埋めて堪能した。


「どうぞ、上がってください」

五月五日の子供の日、隆史は姫乃の家を訪れた。

今日はどうしても会いたいと言われたため、朝ご飯を食べてすぐに来たのだ。

好きな人に会いたいと言われたので、隆史のテンションはいつもより高い。

「どうしても会いたいってどうしたの？」

ソファーに座って尋ねる。

土日に一緒にいるのも当たり前になりつつあるものの、姫乃からどうしても会いたいと言われたから疑問に思った。

「今日は私の誕生日なので、たくさん甘えても、いいですか？」

隣に座った姫乃からの上目遣いでのおねだりだ。

まともに話すようになってから一ヶ月弱だから分からなかったが、今日は姫乃の誕生日らしい。

「おめでとう。知らなかったからプレゼント用意してないや」

分かっていればあらかじめ用意させてもらっていたが、知らなかったから何も用意していなかった。

「ありがとうございます。教えていなかったので仕方ないです」

「これからプレゼント買いにいく？」

どういった物が好きなのかわからないため、一緒にプレゼントを買いに行った方がいいかもしれない。

胸で慰めてもらったりメイド服を着てもらったり、と大変お世話になっているので、誕生日プレゼントでお礼をするのもいいだろう。

「ほしい物はありますけど、こうやって甘えたい、です」

ギュッと抱きしめられた。

好きな人の温もりを感じられるのはすごい幸せだが、いまだに心臓に悪い。

朝から抱きつかれると心臓が激しく動くし、いつまでたっても慣れる気がしないのだ。

いつまでもできるとは限らないが。

「タカくんに甘えることが、私にとって最高の誕生日プレゼント、です」

笑顔を向けられるだけでさらに好きになっていくのが分かる。

日に日に好きになっていくため、姫乃と離れるなんて考えたくもない。

好きな人と一緒にいられるのが何よりの幸せなのだから。

このままずっと抱きしめられていたい気分だ。

「分かったよ。たくさん甘えて」

「はい」

グリグリ、と姫乃は自分のおでこを隆史の胸に擦りつけてきた。

こうやっていると本当に恋人同士みたいな錯覚に陥るが、残念なことに実際には付き合っているわけではない。

本当に残念ではあるものの、一緒にいるためにはなるべくこの関係を続けるしかない。

この幸せを逃したくないのだから。

「あ……」

離したくない想いから無意識の内に抱きしめてしまった。

ギュっと抱きしめ、華奢な身体を自分の腕の中に収める。

「今日はずっと甘えてもらうから離さない」

告白なんてできないが、一緒にいてもらうために何とか出た言葉だった。

本人が甘えたいと言っているのだし、たくさん甘えてもらって幸せを感じる。

それだけが今の隆史にできる唯一のことだ。

「はい。離さないでください。……永遠に」

最後にボソっと何が呟いたようだが、小さすぎて何を言っているか分からなかった。

でも、離さないでほしいとは聞こえたし、今日は絶対に離さない。

おそらくはこれからどこか出かけることになるだろうが、離れることはないだろう。

せっかくの誕生日なのだし、何かプレゼントを贈りたい。

確実にお礼にはなるのだから。

「いっぱい甘えます。あむ……」

「う、うん……」

先日の猫耳メイドの姿になったときみたいに、姫乃は猫のように首筋に甘噛みしてきた。

とてつもなく可愛いし、甘噛みされても嫌な気分がしない。

きっと他の女の子にされたら嫌な気持ちになるだろう。

好きな人相手だから甘噛みされても大丈夫なのだ。

むしろもっとされたいという気持ちが出てしまい、隆史は姫乃の頭を手で押さえて離さない。

「あむあむ……」

幸せを感じながらたっぷりと甘噛みをしてもらった。


たっぷりと甘噛みされたあと、隆史は姫乃と手を繋ぎながら駅前に来ていた。

ただ、姫乃は以前に隆史が選んだ少し露出の多いワンピースを着ており、恥ずかしそうに頬を赤らめている。

「その服で外に出て大丈夫?」

「大丈夫、です。タカくんが選んでくれた服なので、誕生日には着たいなと思いまして」

以前さらに露出度が高いメイド服を着たから多少は慣れたのかもしれない。

それに黒いタイツで下半身の露出は抑えられているし、一緒に出かけるときであれば大丈夫なようだ。

でも、一人だったら確実に着ていなかっただろう。

姫乃ほど整った容姿の女の子が鎖骨部分が露出、肩はシースルー、丈の短いワンピースを着て駅前に来たとしたら、間違いなくナンパの嵐なのだから。

その証拠にすれ違う人のほとんどが姫乃を見てしまっている。

いつものように丈の長いワンピースであったとしても、ナンパされるだろう。

「それに、今日はタカくんが離れないでいてくれるので、安心できます」

やはり普段から駅前に来るとナンパされるようだ。

ギュっと力強く手を握ってくるので、本当に離してほしくないのだろう。

好きな人がナンパされるのは良い気がしないし、自分で良ければ喜んでナンパ避けになる。

「もちろん離さないよ」

ナンパ避けになる以前に一緒にいられるのは嬉しいことなので、離れる気はさらさらない。

だからギュっと握り返して離れる気がないのをアピールする。

「まずはどこかでご飯食べようか」

「はい」

もう昼に近い時間のため、隆史は姫乃と共にファミレスに入った。

「いらっしゃいませ。お二人様でよろしいですか？」

「はい」

ファミレスに入ると店員が笑顔で出迎えてくれ、席まで案内された。

まだ満席にはなっていないようだが、これからどんどんと客が入ってくるだろう。

二人席だから向かい合って座ると、手を離さないといけないからか姫乃が少し残念そうな顔をした。

「離れたく、ないです」

「分かった」

右手を差し出してきたため、隆史は姫乃の手を指を絡めて握る。

周りからしたら食事のときくらい離れろ、バカップルめ、と思ってしまうかもしれないが、姫乃が離れたくないと言っているから仕方ない。

それに人前だから恥ずかしさはあるものの、こうして手を繋げることが嬉しいのだ。

「タカくんと一緒にいると、本当に落ち着きます」

「良かった」

一緒にいる上で落ち着くのは非常に重要なことで、むしろ落ち着くから一緒にいるというのもあるだろう。

もちろん慰め合ったり虐められなくなることが一番の目的だろうが。

「頼もうか」

「はい」

テーブルの横に立てかけてあるメニューを手に取り、一緒に見ていく。

今まで麻里佳がご飯を作ってくれてたからファミレスでご飯を食べることはあまりなかったため、こういったところで食べるのは何気に楽しみだ。

それに好きな人と一緒なら楽しさは何倍にもなる。

「今日のタカくんは楽しそうですね」

「そうかな？　まあ姫乃の誕生日だから楽しくしたいし」

「ありがとうございます。でも寂しくなったら、いつでも慰めて差し上げますよ」

「ありがとう。そのときはお願いするよ」

だいぶ失恋の傷は癒えているが、もし寂しくなったらお願いすることにした。

好きな人と触れ合いたい気持ちで溢れているのだから。

ずっとこうしていられたら幸せだ。

手を繋ぎながらもメニューから頼む料理を選び、ベルを押して店員に注文をした。

注文のときに店員からリア充爆発しろ、的な視線を向けられたが。

「飲み物取りに行こうか」

「はい」

手を繋ぎながらドリンクバーまで飲み物を取りに行く。

隆史は烏龍茶、姫乃は紅茶をコップに入れて席まで手を繋ぎながら戻る。

好きな人と手を繋いでいる時間がこんなに幸せなんて、麻里佳を好きなときは思ったことがなかった。

手を繋ぐのが昔から生活の一部と化していたからだ。

でも、姫乃とは最近手を繋ぐことを始めたため、幸せが溢れてきてしょうがない。

「お待たせいたしました」

注文から十分ほどで店員が料理を持ってきた。

このファミレスはイタリアンがメインなので、隆史はマルゲリータ、姫乃はカルボナーラを注文した。

「いただきます」

二人して両手を合わせてからいただきますし、お互いに注文した料理を食べていく。

久しぶりのピザはとても美味しく、一人で一枚は余裕で食べられそうだ。

「美味しいです」

姫乃も満足そうにカルボナーラを食べている。

隆史と同じくあまり外食をしないタイプのようなので、ファミレスで食べて満足のようだ。

「あ、あーん」

「ふえ?」

食べている彼女を見ていると、フォークに巻いたパスタをこちらに持ってきた。

人前でしてくるとは思っておらず、隆史は変な声が出てしまうほどに驚きをかくせない。

「その……食べたそう、だったので」

「食べてみたい、けど……」

「なら、あーん……」

どうやらどうしてもあーんってして食べさせたいようだ。

「あ、あーん」

周囲からの視線を浴びながらも、恥ずかしい想いで目の前にあるパスタを食べる。

とても美味しいが、恥ずかしすぎてどう表現したらいいかわからない。

「その、いっぱい食べて、いいですからね。あーん」

ファミレスでもたくさんあーんされるのだった。


「お腹いっぱい……」

ファミレスから出た隆史は自分のお腹を押さえる。

あーんってしてもらっていっぱい食べた影響で満腹になってしまったのだ。

流石にピザとパスタを食べるのはしんどい。

「すいません」

あーんってして食べてもらえるのが嬉しかったであろう姫乃は、心配そうな瞳をこちらに向けた。

「大丈夫」

満腹になったが、美味しかったので文句はない。

むしろ好きな人にあーんってさせてもらったのだし、嬉しい気持ちでいっぱいだ。

できることならまたしてほしい。

「どこか行きたいとこある？」

今日は姫乃の誕生日だし、彼女の行きたいところを中心に回る予定だ。

「観たい映画があります」

「映画か。今日は祝日だし席取れるかな」

駅前にあるショッピングモールに映画館があり、この辺に住んでいる者なら大抵その映画館を使うだろう。

祝日で学校や会社が休みなため、飛び込みで行くと席が取れなそうだ。

「大丈夫です。タカくんなら来てくれると思ったので、事前に予約しときました」

「準備がいいな」

「せっかくタカくんと誕生日を過ごすので観れなかったら嫌ですし……」

確かに映画を観ることになって当日行ったら満席で観られなかった、となれば楽しさは半減……いや、もっと下がる。

インターネットでの予約はクレジット決済が多い中、この映画館はキャリア決済で支払うことができる。

隆史も好きなアニメが映画化されたときには観に行くため、当日観られなくて残念にならないように予約を使うのだ。

その分仕送りから引かれてしまうが、自分が使ったお金なのだからしょうがない。

（本当に可愛い）

誕生日を異性と二人きりで過ごすのはデートだと思ってくれているのか、姫乃は恥ずかしそうに頬を赤く染めた。

本当は可愛いと口にしたいが、恥ずかしさで言うことができない。

「その、行きましょう」

「わ、分かった」

手を引かれて映画館へと向かった。


「混んでるな」

「そうですね」

映画館は親子連れやカップル、友達同士で来ている人たちがごったがえしていた。

これは予約を取らなかったら観られなかっただろう。

「どんな映画を観るの？」

「私が勝手に決めちゃいましたけど、恋愛映画です」

「大丈夫」

今日は姫乃の誕生日なわけだし、彼女が観たいと思っている映画を観るのが普通だ。

ただ、異性と一緒に恋愛映画を観るとなると、意識せずにはいられない。

好きな人相手なら尚更だ。

「ありがとうございます。もし、タカくんが観たい映画があれば今度付き合いますので」

姫乃の言葉が頭に響いた。

つまりは今後もこうやって一緒に来ることができるということだ。

言質が取れて本当に嬉しいし、少なくともまだ二人きりでいることができるのだから。

「恋愛映画で少しでも私を意識してほしい……」

「何て？」

「な、何でもありませんよ。う、受付をしましょう」

「わ、分かった」

予約をしていたとしても受付はしないといけないため、手を繋ぎながら列に並ぶ。

小声で言っていた言葉が気になるが、今は二人でいられて嬉しいから気にしないでおく。

「タカくんはアニメが好きなようですけど恋愛映画も平気ですか？」

「大丈夫。あまり見ないけど」

現実にいるイケメンを観ると反吐が出る、とまではいかないまでも、俳優がカッコいいからあまり好きではない。

だけどアニメは作られたキャラだからラブコメしていても許せる。

今日は好きな人と一緒の映画なため、恋愛映画であろうとも問題はない。

むしろ楽しめるだろう。


受付をしたあとに飲み物を買い、隆史と姫乃は隣同士の席に座る。

先程入場時間になったのですぐに入った。

残念ながら観やすい真ん中の席は既に埋まっていたらしくて後ろの方になってしまったが、前すぎるよりマシだろう。

有名な俳優と女優が出ているからカップルや女性同士の客が多く、上映前だから話している。

「上映中でも、離さないでくれますか？」

「もちろん」

ギュっと手を強く握ってきたため、それに応えて握り返す。

離れたくない気持ちが強いので、離すなんて考えられない。

むしろ永遠に離れたくないまである。

「タカくん」

えへへ、と笑みを浮かべた姫乃は、隆史の肩に頭を乗せた。

ここ最近感じる甘い匂いに柔らかい感触は、本当に男の理性を容赦なく削っていく。

もし、付き合っているのであれば、映画館でもキスをしていたかもしれない。

「あ、始まりますよ」

室内が暗くなり、映画上映前の広告が流れ始めた。


「映画面白かったね」

「そうですね」

映画を観終わったあと、隆史と姫乃は駅前にあるショッピングモールを訪れていた。

恋愛映画もバカにできなく、結局最後まで集中して観てしまった。

泣いてる人もいたため、かなり感動的な映画だ。

「しかも何か俺たちと似てたね」

主人公は初恋の女の子にフラれ、ヒロインは虐めにあって落ち込んでいたところから慰め合って一緒にいるようになり、そこから恋に発展していく映画だった。

今の隆史たちの関係に似ていて、観ていてハッピーエンドを迎えられたらいいな、と思ったのは心に秘めておく。

「それを狙ってこの映画にしました、もん……意識してもらうために」

「ん？」

「いえ、何でもありません」

顔を真っ赤にさせているから何かあるのだろうが、話したくないようなことかもしれないので、問い詰めることはしない。

好きな人のことならもっと知りたい気持ちはあるものの、何でも聞くと嫌われてしまう恐れがあるからだ。

嫌われるのだけは絶対嫌なので、問い詰めることだけはしない。

「あの、行きたいところがあるんですけど、いいですか？」

「もちろん」

笑顔で頷いて姫乃の行きたい場所へと向かった。


「ここは……」

姫乃に連れられて来た場所は、ショッピングモール内にあるアクセサリーショップだった。

アニメが好きな隆史には、こういったリア充が来そうな場所には縁がない。

客は明らかにカップルが多く、彼女が彼氏に指輪などをねだっているようだ。

もしかしたらアクセサリーショップに姫乃がほしいと思っている物があるのかもしれない。

「その……甘えられればいいって言いましたけど、プレゼントをおねだりしても、いいですか？」

手を繋いでいる姫乃からの上目遣いのおねだりだ。

「何がいいの？」

誕生日プレゼントをおねだりされたら断るわけにはいかない。

それに元からプレゼントをあげる気でいたし、アクセサリーがほしいならプレゼントする。

「タカくんとお揃いの、ペアリングがほしい、です」

「はいぃぃぃ？」

今度は頬を真っ赤にした姫乃からのおねだり。

（ペアリングとは恋人同士が付けると噂されてるアレですかいにゃ？）

心の中で思った言葉の語尾がおかしくなってしまうくらいに動揺した。

ペアリングとは普通恋人同士で付ける物であって、慰め合う関係の隆史たちが付けるような代物ではない。

「わ、私たちは周りから付き合っていると思われているので、ペアリングは付けた方がいいと思いまして……」

「確かに」

クラスメイトからバカップルと言われまくっているため、ペアリングを付けた方がいいだろう。

それにバカップルの認知度が増せば姫乃を諦める男子がさらに増えるだろうし、そうなれば彼女を虐める女子は完全にいなくなる。

元々はプレゼントをねだるつもりはなかったのだろうが、映画で主人公がヒロインに指輪をプレゼントするシーンがあったから欲しくなったのかもしれない。

学校ではほぼ一緒にいるようにしているので、虐めはもうないのだが。

「だからおねだりしても、いいですか？　一緒の指輪を付けたい、です」

「分かった」

一緒の指輪を付けたら間違いなくさらにバカップルと言われて恥ずかしいものの、ペアリングを付けたい気持ちが強かった。

好きな人とのペアリングなんて最高に幸せだ。

「どれがいいんだろうか？」

指輪が売っているコーナーに行き、どんな物があるのか見た。

沢山の種類があり、同じ指輪でも男性向け、女子向けで微妙に色や形が違う。

「どれがいいの？」

姫乃の方を見て尋ねる。

誕生日と聞いてコンビニでお金を降ろしてきたから多少高くても大丈夫だ。

「タカくんに選んでほしいです」

「俺が？　いいの？」

「はい。タカくんが選んだのが、ほしいので」

頬を赤らめて頷いた姫乃は本当に可愛く、いつまでも見ていたい。

ただ、今は指輪選びに集中しないといけないため、姫乃を見ずに売っている指輪を見る。

ペアリングを選ぶなんて初めてのことだからわからないが、好きな人のために良い物を選ばなければならない。

（そういえば昔お姉ちゃんに指輪買ったっけな）

姫乃の指輪を選んでいるのにもかかわらず、以前に姉である香菜に指輪を買ったことを思い出す。

当時は小学生だったからここにあるような安くても数千円する指輪なんて買えなかったが、百円で買える指輪をプレゼントした。

今でも嬉しそうに受け取って付けてくれたのを鮮明に思い出す。

昔は本気で結婚したいと思っていたから婚約指輪のつもりだったが、香菜からしてみたら男避けの意味もあって付けていたのだろう。

既に高校一年生だった香菜に姉弟で結婚できないのは分かっていたはずだし、絹のような綺麗な長い黒髪に青い瞳、整った容姿のための相当モテたらしく、プレゼントされた指輪は男避けとして役にたっただろう。

青い瞳は母親の遺伝の影響だったらしく、日本人だと珍しいからそれもモテる要因だっただろう。

隆史は父親と同じで茶色い瞳だが。

「どうしました？」

「いや、何でもないよ」

姉のことを思い出したなんて言うわけにもいかず、隆史は再び指輪選びに集中する。

「これなんてどうかな？」

一つのシルバーリングを指した。

安直かもしれないが、銀髪の姫乃にはやはりシルバーリングが似合うだろう。

「じゃあこれにします」

「いいの？」

「タカくんの選んでくれた物なので」

えへへ、と笑みを浮かべた姫乃は、店員に話しかけて指輪を試しに付けられるかお願いした。

「似合い、ますか？」

少し頬を赤くした姫乃は右手の薬指にシルバーリングを付けて聞いてくる。

「に、似合ってるよ」

薬指に付けられると勘違いしそうになるじゃん、と思いながらも答える。

基本的に恋人が付けるシルバーリングは薬指になるため、惚れられてるんじゃないかと勘違いしそうだ。

「ありがとう、ございます」

頬を真っ赤にさせた姫乃に指輪を買い、隆史も自分用に買った。


「お待たせいたしました。こちらカップル専用ドリンクになっております」

指輪を買ってからウインドウショッピングを楽しんだあとは休憩がてらカフェに入り、注文した飲み物を女子大生らしき店員が持ってきた。

「お客様のように熱々ではありませんが、甘々なお飲み物になっております」

ごゆっくりどうぞ、と店員はその場から離れた。

手を繋ぎながらカフェに入ったら店員が勧めてきたから頼んだ飲み物だ。

ペアリングを付けているのを見てお勧めしてきたのだろう。

大きめのグラスに入っているのはメロンソーダで、一つのストローは飲み口が二つに分かれており、さくらんぼが乗っていた。

一つのストローで二人して飲むのだろう。

このカフェは若い男女に有名で、カップル専用ドリンクがある。

カフェについては友達が多い美希が教えてきたから入ったのだが、勧めてきた意味が分かった。

もっと姫乃のことを好きになって麻里佳の弟を止めてほしいのだろう。

隆史の告白を断っても麻里佳は姉であり続けるし、さっさと姉離れしてほしい、という勧めてきた理由に込められていそうだ。

どちらかというと麻里佳が弟離れするべきなのだが。

ただ、このカフェに入ったのはもう一つ理由がある。

カップル専用ドリンクは店員が勧めてきたものの、元から頼むつもりでいた。

今日が姫乃の誕生日だということは知らなかったが、駅前に遊びに来たら行く気でいたからだ。

こういったカップル専用ドリンクを飲むことにより、少しでも意識してほしいから頼んだ。

周りから恋人同士だと思われているものの、今の正確な関係はあくまで慰め合うために一緒にいるだけ。

少しでも意識してもらって惚れてくれたら嬉しい。

「その、飲みましょうか」

「う、うん」

頰が赤くなっている姫乃の言葉に頷くが、実際目の前にカップル専用ドリンクがあると恥ずかしくなる。

一つのグラスに入っているドリンクを飲むなんて初めてだからだ。

でも、飲まないわけにはいかず、二人揃ってストローに口を付けて飲んでいく。

実際には間接キスではないものの、間接キスしているかのような気分になる。

それは姫乃も同じらしく、髪の隙間から見える耳まで真っ赤になっていた。

「美味しい、ですね」

「う、うん」

頷きはするが、恥ずかしくてそこまで味がわからない。

好きな人と同じドリンクを一つのストローで飲むと、こんなにも恥ずかしくなるのか？　と思うと同時に、幸せな気持ちになる。

(ずっとこうしていたい)

チューチュー、とメロンソーダを飲みながらそんなことを考えた隆史は、同じく恥ずかしそうに飲んでいる姫乃を見た。

本当に幸せであり、ずっと一緒に飲んでいるのは無理だと分かっているが、このまま幸せを感じていたい。

姫乃もそう思っていたら嬉しいものの、流石にずっと一緒に飲み続けたいわけではないだろう。

「あの……あんまり見られると、恥ずかしいです」

見られていることに気付いたのか、姫乃は恥ずかしそうにストローから口を離した。

ストローがほんのりと赤くなっているのは口紅なのだろう。

スッピンでもものすごく可愛いが、薄化粧をしている姫乃はこの世の誰よりも可愛いし美しい。

実際にカップルで来ているのに姫乃に見惚れている彼氏もおり、彼女に頬をつねられている。

「ご、ごめん」

可愛すぎて見惚れていた、と言うわけにもいかず、隆史は謝るだけしかできなかった。

「いえ、タカくんに見られるのは嫌じゃないです。ただ恥ずかしいだけで……」

ジロジロ、と見られるのは確かによろしくないが、どうしても好きな人である姫乃のことは見てしまう。

少し前だったら恥ずかしさでまともに見られなかったはずなのに、今は見惚れすぎて目を離せない。

見られすぎて「あう……」と恥ずかしそうにした姫乃は、恥ずかしさから逃れるため再びストローに口を付けてメロンソーダを飲み始めた。

「ごめんね。ほら」

見るのを止めることなどできはしないが、少しでも安心させるために姫乃の前に手を差し出す。

一番信頼していると以前言ってくれたし、手を繋げば少しは恥ずかしさが和らぐかもしれない。

「はい」

えへへ、と笑みを浮かべながら手を繋いでくれた。

笑顔がアニメのヒロイン以上に可愛く、最早姫乃より可愛い人などどの次元にも存在しないだろう。

手を繋ぎながら一緒にドリンクを飲んだ。


「遊園地なんて久しぶりです」

カフェでのんびりとしたあと、ナイトパスを買って遊園地に入った。

最後に行きたいところが遊園地らしく、姫乃の強い要望で来たのだ。

もう日が暮れているから親子連れの客はそろそろ帰り始め、逆にカップルなどの客が多くなる時間だろう。

久しぶりに来たからなのか、姫乃のテンションがいつもより若干高い。

「あまり時間ないですし、早く乗りましょう」

「分かった」

姫乃に手を引かれて夜の遊園地を楽しむことにした。


「いきなりジェットコースターか」

手を繋いだ姫乃と来た場所はジェットコースターだった。

夜になると客の多くはパレードを見に行くらしく、今はそんなに混んでいない。

「はい。幼い頃に来たきりなので、前は乗れなかったんですよ」

ジェットコースターなどは身長制限があるため、子供が来ても乗れない場合がある。

このジェットコースターは百二十センチ以下の人は乗れないので、前に来たのは相当前なのだろう。

姫乃は美しすぎるからか同性からは敬遠されがちで、今まで一緒に遊園地に行く友達がいなかったらしい。

異性からなら誘われているだろうが、交際経験がないと言っていたし、誘われても断っているのだろう。

つまりは姫乃にとってこうして異性と二人きりで遊園地に来た初めての相手は隆史になると

いうことだ。

本当に嬉しく、永遠に他の異性と来てほしくないとも思う。

好きな人を独占したくなるのは当たり前のことなのだから。

少し待つと順番が来たため、隆史と姫乃はジェットコースターに乗り込む。

落ちないようにしっかりと安全バーを閉める。

「その……初めてで緊張するので、手を繋いでもいいですか？」

「もちろん」

動いても離さないようにしっかりと手を握った隆史は、以前に姉の香菜とこうして一緒に乗ったことを思い出した。

ギリギリ身長の制限は超えていたものの、少し怖かったから手を繋いでもらったのだ。

誰でもジェットコースターを初めて乗るのは怖いだろう。

でも、しっかりと手を握ってあげれば、少しは恐怖が軽減されるはずだ。

少ししてジェットコースターが動き出す。

隣を見ると明らかに緊張している姫乃がおり、「大丈夫だよ」と言ってからさらに強く手を握る。

自分から乗りたいって言ったから高いところはそんなに怖くないだろうが、初めてだから緊張しているのだろう。

「きゃあぁぁぁ、あははははは」

降りに入ってスピードが上がったところで姫乃は笑い出した。

恐怖で笑い出したというより、楽しくて笑っている感じだ。

初めて乗るから緊張していたのであって、実際に乗ったら楽しくなったのだろう。


「うわー、綺麗です」

ジェットコースターに三回連続で乗らされたあと、隆史と姫乃は観覧車に乗った。

高いところから見る夜景は綺麗で、姫乃は外を見ながら目を輝かしている。

ここで姫乃の方が綺麗だよ、と言いたいものの、恥ずかしさで言うことができない。

もしかしたらその言葉を望んでいるかもしれないが。

「タカくん」

一周三十分くらいの観覧車に乗って五分ほどたつと、隣に座っている姫乃が手を繋いできた。

彼女の温もりがとても心地良い。

「今日はありがとうございます。とても楽しかったです」

「俺も楽しかったよ」

人の誕生日を祝うことはあまりないが、今日は本当に楽しかった。

来年も祝ってあげたいと思ったほどで、できるならこの先も一緒にいたい。

慰め合う関係じゃなくて彼氏として。

「今日でさらに実感しました。私にとって……タカくんは最も大事な人、だと」

頬を真っ赤にしながら言った姫乃の台詞は、隆史にとって最も心に響いた。

好きな人から最も大切なことだと言われるのは非常に嬉しいことだ。

「だから……もっと一緒にいましょう。少なくともお互いの傷が完全に癒えるまでは」

お互いの傷……虐められなくなっているとはいえ、姫乃の傷は完全に癒えていないのかもしれない。

完全に傷が癒えたとしたら、学校以外ではここまでくっついてきたりしないだろう。

学校ではバカップルと思わせないといけない関係上手を繋いだりするが、それ以外の場所では癒えていたらくっつく理由がないのだから。

でも、完全に心の傷が癒えたとしても、まだ一緒にいたいと言わせたい。

そして付き合いたいと思わせるくらいに好きになってほしい。

「もちろん一緒にいるよ」

「あ……」

恥ずかしい気持ちはまだあるものの、隆史は姫乃を引き寄せて力を強く抱きしめた。

華奢な体躯だから力強く抱きしめたら折れてしまいそうだが、実際は折れることはない。

「最も大切なタカくんに、私からの精一杯のお礼をしたい、です」

「お礼？」

「はい。……んちゅ」

「え？」

今まで頬にキスをしたことはあれど、頬にキスをされたのは初めてだ。

精一杯のお礼というのは、恥ずかしそうに視線を逸らした姫乃を見れば分かる。

それでもしてくれたということは、本当に感謝しているからだろう。

そうでなければ姫乃がしてくれるわけがない。

「以前にタカくんに頬にキスされたのが初めてでしたけど、自分からしたのもタカくんが初めて、ですから」

本当にこの子が好きすぎる、と思いながらも、改めて隆史は姫乃に恋をしているのを実感した。

そしてこれからはもう少しだけでも積極的になれたらいいな、と頬に温かな感触を感じながら思った。

――将来は絶対に姫乃を幸せにしたい。

書き下ろし／白雪姫の甘い匂い

「今日も夜遅くまでごめんなさい」

誕生日デートを終えた隆史は、そのまま家に帰らずに姫乃の家に来た。

相変わらずリビングはあまり物がないし、綺麗に掃除もされている。

麻里佳の部屋も結構綺麗なため、大抵の女子は片付けをきちんとしているのだろう。

「大丈夫だよ。それに姫乃の誕生日だしね」

デートを終えてもまだ祝いたい気持ちが残っている。

「そう言ってくれて嬉しい、です」

観覧車で自分から頬にキスをしてきたから積極的になったのか、姫乃からくっついてきた。

「話すようになってからタカくんの優しさに甘えまくってしまいますね」

少し申し訳なさそうなくらいに小声だ。

明日から学校があるのだし、あまり遅くまで一緒にいるのはよろしくないと思ったのだろうが、一緒にいたいらしい。

「沢山甘えていいよ」

言ってて恥ずかしい気持ちになるが、ゆっくりと姫乃の背中に腕を回す。

（ずっと外にいたのに何でこんなにも甘い匂いがするんだ？）

午前中から出かけてさっき帰ってきたばかりのはずなのに、何故か姫乃からは頭がクラクラしそうなくらいの良い匂いがある。

ゴールデンウイークになって少し気温が上がって少しくらい汗をかいて臭くなってもおかしくないはずだが、嫌な匂いが一切なく、もっと嗅ぎたい。

「どうし、ました？」

無意識の内に鼻息が少し荒くなってしまい、そのことを不思議に思ったのか、姫乃が不思議そうな顔をした。

抱きしめている相手が鼻息荒かったらどうしたのか？　と思うだろう。

「その……」

匂いを嗅いでしまったと言ったら嫌われてしまう恐れがあるから言えない。

「私の匂い……感じてますか？」

流石に鼻息がいつもより荒くなっているから気付いたようだ。

「う、うん……甘い匂い」

恥ずかしい気持ちがあっても正直に言う事にした。

「匂いを嗅いでくれるってことは、私の匂い好きってことですよね」

抱き合っていてもきちんと聞こえないくらい小声だ。

「タカくんがいるから、私は外に出られたり、楽しく思えるようになってるから感謝しています。だからタカくんが望むのであれば……恥ずかしいですけど、良いですよ？」

髪の隙間から見える耳まで赤くなっているから相当恥ずかしいのは分かるが、匂いを嗅がれたとしても離れたくないのだろう。

「姫乃は俺に気を許しすぎ、だよ」

付き合ってるわけでもないのにこんなにもくっついてくるため、かなり気を許していることが分かる。

今まで交際経験などないと以前言っていたからこうやって触れ合う異性は隆史が初めての相手だろうが、普通はもっと異性に警戒するものだ。

「観覧車でも言いましたが、私にとってタカくんは大事な人です。そんな人の前では無防備になってもおかしくないですよ」

確かに傷ついたところに慰めてもらったら誰であっても多少は心を許すかもしれない。

「将来はこれ以上のことをする可能性がありますし、今の内に慣れておかないといけませんし」

「ん？　何？」

胸板に顔を埋めながら言うものだから、隆史は姫乃が何て言っているか分からなかった。

「な、何でもありません。でも、その……私の、匂いをいっぱい感じて、ください」

自分が彼女の匂いが大好きなんだな、と思った瞬間だった。

ダッシュエックス文庫

心に傷を負った者同士で慰め合っていたら
白雪姫(学校一の美少女)とバカップル認定されていた件

しゅう

2024年10月30日　第1刷発行

★定価はカバーに表示してあります

発行者　瓶子吉久
発行所　株式会社　集英社
〒101−8050　東京都千代田区一ツ橋2−5−10
03(3230)6229(編集)
03(3230)6393(販売/書店専用) 03(3230)6080(読者係)
印刷所　TOPPANクロレ株式会社
編集協力　株式会社シュガーフォックス

ISBN978-4-08-631572-2 C0193